O fim do maxixe

O fim do maxixe

João do Rio e outros
pseudônimos de Paulo Barreto

Crônicas

Juliana Bulgarelli (ORG.)

Ch
ão

CHÃO EDITORA
EDITORA Marta Garcia
EDITOR-EXECUTIVO Carlos A. Inada

CAPA, PROJETO GRÁFICO E DIAGRAMAÇÃO Mayumi Okuyama
PREPARAÇÃO Ana Maria Alvares e Carlos A. Inada
REVISÃO Cláudia Cantarin e Isabel Cury
PESQUISA ICONOGRÁFICA Erica Fujito
PRODUÇÃO GRÁFICA E TRATAMENTO DE IMAGENS Jorge Bastos

DADOS INTERNACIONAIS DE CATALOGAÇÃO NA PUBLICAÇÃO (CIP)
(CÂMARA BRASILEIRA DO LIVRO, SP, BRASIL)

Barreto, Paulo, 1881-1921
O fim do maxixe : João do Rio e outros pseudônimos de Paulo Barreto : crônicas / Paulo Barreto ; organização Juliana Bulgarelli. — 1. ed. — São Paulo : Chão Editora, 2024.

ISBN 978-65-80341-33-7

1. Crônicas brasileiras I. Bulgarelli, Juliana. II. Título.

24-220914 CDD-B869.8

Índices para catálogo sistemático
1. Crônicas: Literatura brasileira B869.8
Aline Graziele Benitez – Bibliotecária – CRB-1/3129

Grafia atualizada segundo as regras do Acordo Ortográfico da Língua Portuguesa (1990), em vigor no Brasil desde 1.º de janeiro de 2009.

chão editora ltda.
Avenida Vieira de Carvalho, 40 — cj. 2
CEP 01210-010 — São Paulo — SP
Tel +55 11 3032-3726
editora@chaoeditora.com.br | www.chaoeditora.com.br

Sumário

Apresentação

Em 10 de maio de 1910, João Paulo Alberto Coelho Barreto,[1] ou Paulo Barreto, foi eleito para a cadeira 26 da Academia Brasileira de Letras. Depois de duas candidaturas fracassadas, o escritor, que, à época, tinha apenas 29 anos, tornava-se um "imortal". A cerimônia de posse, que aconteceu três meses mais tarde, foi marcada por vários acontecimentos singulares. Todas as famílias tradicionais da cidade, ministros de Estado e até o presidente da República estavam presentes. A solenidade, tradicionalmente discreta, transformou-se em um grande evento social.[2] Depois de um breve discurso do secretário-geral da instituição, Paulo Barreto entrou no salão vestindo o fardão oficial, que acabara de ser instituído. Algumas moças jogavam pétalas de rosas no homenageado.[3] No preâmbulo do discurso de posse, o autor reverenciou o predecessor, o poeta

Guimarães Passos, e em seguida discorreu sobre sua concepção de arte literária e seu papel como escritor em um contexto intelectual afetado pelas transformações sociais e pelas iniciativas modernizadoras associadas à abolição da escravidão e à proclamação da República. De acordo com ele, naquele momento cabia ao escritor ser um espectador que procura fixar, por meio de sua arte, as transformações de hábitos e costumes da população, assim como refletir sobre o desejo de progresso que dominava certos setores da sociedade brasileira.[4] A multidão aplaudiu entusiasmada.[5]

Ao longo de uma carreira que durou 22 anos, Paulo Barreto publicou quase diariamente em vários periódicos do país. Seus contos, crônicas, romances e peças de teatro eram em geral assinados pelos pseudônimos Claude, Paulo José, Joe, José Antonio José, x., Máscara Negra e, o mais conhecido deles, João do Rio. Barreto escreveu alguns milhares de textos para a imprensa e publicou diversos livros que rapidamente se tornaram objeto de análise de grandes nomes da crítica literária das primeiras décadas do século xx. No conjunto de sua obra, ficção e realidade caminham juntas e retratam um momento de intensas transformações socioeconômicas, associadas ao processo de implantação da modernidade e de consolidação do capitalismo no Brasil.

Uma parte importante desses textos encontra-se apenas em acervos de jornais e revistas espalhados pelo país e, portanto, permanece inédita em livro. Nesta coletânea, resgataram-se 31 crônicas,[6] originalmente publicadas entre 1903 e 1918 nos seguintes periódicos: *Gazeta de Notícias*, *A Notícia*, *O Paiz*, *A Rua* e *Revista da Semana*, assinadas pelos pseudônimos João do Rio, x., Joe, José Antonio José e Paulo José. Algumas ocupavam lugar de destaque, integrando seções regulares como A Cidade, A Vida da Cidade, Cinematógrafo, À Margem do Dia, A Semana Elegante, O Instante, Os Dias Passam... e A Pobre Gente. Outras, dispersas, apareciam ao sabor dos acontecimentos da semana. Paulo Barreto, como cronista do cotidiano, saía à procura de novidades nas ruas, nos teatros, nos salões, e sua produção abrange uma variada gama de temas. Esta coletânea busca ser representativa dessa multiplicidade temática.

Todos os textos foram transcritos por mim, a partir dos impressos disponíveis no arquivo da Hemeroteca Digital da Biblioteca Nacional, listados na bibliografia. Contei com o auxílio do *Catálogo bibliográfico* produzido por João Carlos Rodrigues, que, por apresentar um levantamento minucioso da obra de Paulo Barreto, possibilitou que as crônicas fossem encontradas com maior facilidade. Do ponto de vista editorial, não se alteraram as formas originais dos textos, que foram apenas submetidos à atualização ortográfica, conservando-se no entanto palavras aparentemente inventadas, estrangeirismos e expressões e palavras estrangeiras, marcas da escrita do autor. A sintaxe original foi mantida. Vírgulas foram inseridas somente quando se mostraram indispensáveis à compreensão do texto. Foram corrigidos os erros evidentes de revisão e impressão.

Juliana Bulgarelli

O fim do maxixe

JOÃO DO RIO E OUTROS PSEUDÔNIMOS

DE PAULO BARRETO

A verdade é uma necessidade de que ninguém faz uso. Não há propriamente verdade, fator positivo, há um infinito desdobrar de ilusões que no suceder das épocas temos por verdades, aliás mais ou menos relativas [...]. O mundo é uma admirável construção de interpretações apenas.

JOÃO DO RIO[1]

A VIDA COTIDIANA

Este livro, como quantos venho publicando, tem a preocupação do momento [...]. O seu desejo ou sua vaidade é trazer uma contribuição de análise à época contemporânea, suscitando um pouco de interesse histórico sob o mais curioso período da nossa história social que é o da transformação atual dos usos, costumes e ideias. Do estudo dos homens, das multidões, dos vícios e das aspirações resulta a fisionomia característica de um povo.

JOÃO DO RIO[2]

Rio de Janeiro: a "cidade janeleira"

Já não sei qual foi o viajante que deu ao Rio de Janeiro o apelido de "cidade janeleira". Fosse quem fosse, era um homem observador e inteligente, que sabia ver e apelidar.

Justamente, o que caracteriza o Rio de Janeiro, na sua vida social, é o grande amor que as famílias têm à pasmaceira da janela, e a profunda ojeriza que têm aos jardins, aos parques, ao passeio, à rua, ao movimento.

Ainda ontem, domingo, atravessando em *bond* alguns bairros da cidade, vi e compreendi bem que esse viajante soube achar, para a nossa bizarrice, um epíteto justo e claro. A tarde era linda e quente, de um céu adoravelmente azul, de um encanto suave e consolador. Os jardins públicos, muito verdes, muito perfumados, e... muito vazios, estavam convidando toda a população a um passeio higiênico, a um banho de sol e de ar puro, a um exercício muscular tonificante e agradável. Mas a população, como sempre, deixava-se ficar em casa, numa desanimada moleza. O *bond*, em que eu ia, enfiava ruas sobre ruas: e, em todas essas ruas, de um lado e de outro, as janelas das casas estavam cheias. As senhoras, muito penteadas, muito quietas, muito tristes, com muitos laços de fita nos corpetes brancos e muito tédio na fisionomia, olhavam melancolicamente o céu, e abanavam-se com abandono; os homens (alguns deles em mangas de camisa!) fumavam e cuspinhavam para as calçadas, com o mesmo ar de Supremo aborrecimento na face... Que horror! A vida não estava nos jardins, tão viçosos e tão frescos: estava nas janelas, — naquela exibição de tédio e de preguiça... E até havia crianças, nessas abomináveis janelas, compartindo a pasmaceira dos pais!

"Cidade janeleira", — que belo e justo apelido!

Quando é que toda essa gente compreenderá que o passeio e o exercício ao ar livre geram a saúde e o bom humor, ao passo que a mania janeleira só pode gerar a tristeza, a anemia, a melancolia, a moleza e a coscuvilhice?!

X.

Gazeta de Notícias, Rio de Janeiro, 28 set. 1903. A Cidade.

Diálogo no *bond*

Diálogo no *bond*:

— Hein? perseguição do jogo? cerco às batotas? tagantadas de código penal nas costas do Vício? Pois meu amigo, agora é que o jogo vai tomar conta de toda a cidade, se é que já não tinha tomado!

— Como assim?

— É o que lhe digo! Muita gente, que não jogava por não gostar de jogar, vai agora entregar-se de corpo e alma à batota. O fruto proibido é o mais gostoso de todos. A nossa mãe Eva, em todo o pomar do Éden, só achou verdadeiro sabor naquele pomo dourado e aveludado, que o dedo feroz do Senhor lhe apontara como o fruto do crime... Lembre-se das origens do cristianismo. Apedrejados nas praças públicas, os primeiros cristãos refugiaram-se nas catacumbas: e a esses antros apartados e escuros começaram logo a afluir, pela calada da noite, os noviços, ansiosos por praticar a religião condenada. A perseguição, tanto da virtude como do vício, só serve para criar novos viciosos e novos virtuosos. Isto já tem sido dito e repetido milhões e milhões de vezes, porque é a mais soberana das verdades. Só tem encanto o que é proibido. Max Nordau,[3] no seu livro sobre "Literaturas malsanas", cita o caso de uma linda senhora que, tomando certa vez um sorvete, em Nápoles, exclamou: "Que bom! é pena que o sorvete não seja um pecado!..."

— Isso é paradoxo! o que é verdade é que o dever da polícia é perseguir o jogo. E quando os viciosos virem que o seu vício pode levá-los ao xadrez, a cidade há de ficar livre dessa praga!

— Pode ser. Nada é impossível no mundo. Mas, até lá, deixe-me duvidar. Olhe, meu caro amigo! A Jogatina era até agora uma espécie de mulher legítima, que o jogador amava aos olhos de Deus e dos homens: por isso mesmo, já ele começava a aborrecê-la. Mas, agora, a senhora Jogatina vai ser uma pecadora perigosa, que se esconde, que se encobre, que vive cercada de mistério, e que adquire uma sedução inteiramente nova. Fique sabendo que, nesta civilização corrompida, as mulheres que mais estragos fazem e mais desorganizam a vida humana, são justamente aquelas a quem a gente não se atreve a dar o braço na rua. As outras agradam; estas cativam. As outras salvam; estas matam. E até logo! Vou descer aqui...

O *bond* parou, e o filósofo foi trabalhar; o seu interlocutor, o que defendia a ação policial, foi comprar cinco mil-réis no jacaré.

X.

Gazeta de Notícias, 5 out. 1903. A Cidade.

A questão palpitante

— Oh! Há quanto tempo não tenho o prazer de vê-lo!

— É verdade: venha de lá o abraço!

— Como passam a senhora, as meninas?

— Perdão, as *demoiselles*.

— Também és dos tais? Eu prefiro senhorita.

— *Puera* é que devia ser, é clássico.

— Qual, velho, *yayá* é dengoso, é nacional.

— Mas horripilante...

Esta cidade interessa-se violentamente pela língua portuguesa. Não há mesmo canto da terra onde as questões filológicas tomem esse ar com que jornalistas e adventícios epistolográficos discutem e inventam e esmagam e torturam e engrinaldam certas palavras em uso corrente. Há Cândidos de Figueiredo em cada rua e Carlos de Laet[4] em cada casa. Neste momento mesmo a cidade não discute mais a caixa de conversão e a quebra do padrão, discute como deve tratar as mocinhas que estão em idade de casar. É o grande acontecimento, a *great attraction*[5] do *music-hall*[6] da vida urbana. Em cada conversa, fatalmente, inexoravelmente, redemoinha a obsessão.

— És pelo senhorita do Artur Azevedo?

— Tudo anda errado! O Victor Vianna transforma *terrasses*[7] em masculino e a Carmen Dolores[8] masculiniza também as gostosíssimas *croquettes*.

— Que tem isso? Fantasma já foi feminino, agora veste calças pelo menos na gramática; e *réclame* e *chantage* não há ninguém que, em português, lhes dê o sexo dos dicionários franceses!

— Eu cá por mim trataria as doninhas.

— Doninha é rato.

— Espera lá, trataria não de doninhar, mas de menina e moça.

E as discussões emaranham-se, ramificam-se em problemas de sociedade, de elegância, de *chic*, de bom-tom...

Sem ser consultado, eu comecei a refletir que esta questão de língua é inteiramente insolúvel. A palavra é um ser vivo com categoria social, sujeito a todas as correntes sociológicas e misteriosas que agem e modificam o homem no meio em que vive. Há palavras que moram no Catete, palavras que não largam a rua Haddock Lobo, palavrinhas especialmente da Cidade Nova, palavras só de uso nas casas de estudantes, palavras só de uso na Gamboa e na Detenção. Cada trecho da cidade tem o seu vocabulário, e como a cidade é o grande porto de mar cheio de imigrantes de todas as raças e de todas as classes, há palavras dançarinas e *diseuses*[9] que se alojam logo nos *clubs* de *cocottes*[10] e nos *casinos*, palavras que vêm especialmente para o Hotel dos Estrangeiros e a pensão Alexandra, palavras que se intrometem no povinho da Saúde, e grandes palavras rebarbativas que tornam os doutores indecifráveis enigmas. A palavra tem mesmo uma roupa, um fato, uma *toilette*. Há palavras decotadas com chapéus à *empire*[11] e longas caudas; há palavras esmolambadas, e só esse gênero de frivolismo importante, que entumesce a vaidade solene dos cidadãos eruditos em regras fixas da vida sempre móvel da gramática, poderia exagerar a sua filáucia ou o seu snobismo ao ponto de querer decretar uma palavra para exprimir em todas as classes a mesma coisa.

Depois dessas reflexões profundas e admiráveis tomei um *tilbury*, que por sinal é chamado pelo proprietário, de "carro" como os condutores chamam os *bonds*, e resolvi ilustrar com exemplos as conclusões colossais a que tinha chegado. Fui primeiramente a uma reunião da alta-roda.

— Oh! *mon cher ami*,[12] você sabe, decididamente esta questão é a nota *fashion* deste deplorável verão, disse-me na roda, um moço — moço? rapaz? *jeune homme*? *monsieur*? menino? — nomeado ultimamente secretário de legação.

— *That is the question*,[13] sentenciou com muito espírito e uma boa linguagem um cavalheiro que só ainda não é conde nem marquês.

— Caro senhor, acrescentou uma senhora, *mademoiselle* é que deve ser. Um homem *chic*, um cavalheiro *chant-clair*,[14] numa sociedade que joga o *bridge*, que foi a Paris, ouviu as bandas de música de Viena, e contesta o desaparecimento de Veneza...

— Numa rodinha *up to date*?[15]

— Exatamente. Só pode tratar pessoalmente as meninas de *mademoiselle* e quando referir-se a alguma em companhia de outros, dar-lhes o nome da família e o tratamento de *demoiselle*. Isto não é gramática; é educação.

Saí a correr de lápis em punho e fui dar numa salinha da rua Bom Jardim, onde há uma família numerosa. Ao expor a grave questão, uma pequena espevitada indagou:

— O senhor está debicando?

— Cala a boca, Nhanhã, bradou uma outra, do Pedagogium,[16] isto é sério! Os jornais estão falando.

— É verdade, sentenciou o pai da prole, é gramática.

— Seu moço, o senhor que sabe, interrompeu a respeitável matrona dona daquele lar, eu acho tudo isso *ararices*, gente que não tem mais que fazê!... Para mim, o antigo é o melhor. Quando a gente não tem confiança trata de *dona*, quando tem, chama de *tu*.

As meninas entretanto queriam que eu pusesse o problema a votos. Acedi, comovido. A mais velha quer senhorita, porque o poeta Pistarini já lhe ofereceu um soneto tratando-a assim; a espevitada, extremamente jacobina, repele o *mademoiselle* e o *miss* porque, diz ela, são nomes de cachorro; a mais moça fica ofendidíssima com o *menina* e a do Pedagogium exige o *puera*.

— É boa, regouga o pai, a gente a chamar uma mocinha de *dona puera*!

— Vem do latim!

— Venha do diabo que o carregue!

Temendo um conflito íntimo, parto do lar modesto para a Saúde, para um açougue cujo proprietário é o rei moral do círculo.

— Deixe de lambança comigo; eu não embarco nessa canoa. Tenho uma filha. Lá *senhorita* pode sair no jornal no dia dos anos, mas *mademoiselle* é deboche e eu não quero deboche comigo. Cá em casa muito respeito e o gajo que não me tratar a pequena de dona, leva mesmo uma descasca-pessegueiro.

Já com esses exemplos capitais, tomei um desses *bonds* dessa companhia que se intitula Light e que o público chama perigo amarelo. O *bond* — *bond*? *tramway*? hipomóvel? carro? — vinha vazio. De repente parou. Um automóvel, *en panne*,[17] estalava-se nos trilhos, e o *chauffeur* — *chauffeur*? maquinista? motorista? mata-gente? mecânico? — suava a ver se o punha a andar. Olhei o condutor. Atentamente o cidadão escrevinhava um caderninho. Ainda ninguém descobriu a intensa filosofia dos condutores. É deplorável. Antes de Shakespeare ninguém também imaginava que assunto para reflexões acerbas é o crânio de um ex-cidadão saindo da ex-cova. Os condutores esperam o seu Shakespeare. Aquele esperava Shakespeare e o automóvel.

Não contive a minha curiosidade.

— Diga-me cá, qual a sua opinião: deve-se tratar as meninas de *demoiselle*, moça, menina, rapariga, *puera*, senhorinha, senhorita, *yayá* ou dona?

O cavalheiro recebedor ergueu os olhos para mim, como se quisesse escolher na fileira de nomes. Depois sorriu:

— O senhor está brincando.

— Palavra de honra. É uma coisa gravíssima. O dicionário da Academia não se faz certamente por isso. Há muitas denominações para uma só coisa.

— É o que não acontece com este carro. Um só passageiro para um só carro!

— Homem, você tem espírito. Dê sempre a sua valiosa opinião.

— Eu acho que é conforme. A gente arranja as palavras para o seu uso. Que significa *pescaria* para o senhor?

— Ir a gente para a beira da praia dar-se ao *sport* de estar parado.

— Pois para nós significa *bond* que vai devagar para apanhar passageiros. Que é *amigo* para o senhor?

— Uma figura de retórica lindíssima.

— Para nós é o tipo que não recebe *coupons*. E assim *casamento* é quando o freguês esquece o troco e *abatimento* é quando se pode engatar alguns níqueis. O senhor pensa que é passageiro? Passageiro é o fiscal, e quando o *cabra* é secreto a gente diz logo que ele é *sapo*. Ora como quer que se lhe dê uma opinião? Para mim eu prefiro *sinhazinha* para as meninas magras e *peixão* para as gordas.

Era escandaloso. Parei a vertiginosa *enquête*. Decididamente a grave questão que interessa a cidade é insolúvel. A gramaticofilia do meu país encontrou o pedroiço fatal onde se estatelará. Ai da Academia! ai do Heráclito Graça![18] ai do dicionário! Enleado nesses arames farpados que são os preconceitos da língua e da sociedade, um rapaz — rapaz? *jeune homme*? menino? moço? — diante de uma rapariga de quinze anos, só terá um meio para acalmar a consciência e os melindres de todos: tirar à sorte, um papelinho do bolso e ler ou sinhazinha, ou *puera*, ou menina, ou *mademoiselle*, ou senhorita, ou uff! ou *yayá*. Assim evitará um conflito sempre iminente e perfeitamente grave. Estamos à beira de um abismo, de uma conflagração talvez. A experiência manda ter prudência, porque afinal essa multiplicidade de tratamentos faz do encontro de uma menina o encontro com a figura de um novo Jano:[19] — talvez o riso e talvez o pão...

João do Rio

Gazeta de Notícias, Rio de Janeiro, 11 jan. 1907. A Vida da Cidade.

A polêmica do divórcio

Discute-se o divórcio. Algumas senhoras já citaram M.me Carmen Dolores. O divórcio! É uma coisa profundamente grave. Como estamos numa casa de Botafogo, muito elegante, num pequeno *hall* de laca branca, com guarnições que fingem tapeçarias antigas de Beauvais,[20] tomando chá e mordendo uns *petits-fours*, sem prestar atenção, senão à divina arte de agradar, a conversa cai fatalmente no divórcio.

Ora precisamente ouve-se fora, na rua, o arranco brusco da parada de um automóvel e faz a sua entrada sensacional, um moço, que toda a gente estima. Esse excelente e amistoso cavalheiro vem do corso, onde se encheu de poeira. E traz com a poeira uma notícia palpitante.

— Pois não sabem? *Madame*... vai divorciar-se!

O fato é que o progresso não nos chegou só com avenidas largas, propaganda no estrangeiro, visitas de notabilidades e até a probabilidade de ver o Pierre Loti[21] escrever um livro sobre as bananeiras e as palmeiras onde canta o sabiá, com aquele tom de barnum para senhoras com que o curioso homem bazariza sensações de pacotilha. Não. O progresso é também moral, é principalmente vertiginoso na moral, e basta percorrer as pretorias para ver como há casais fatigados de viverem juntos e dispostos a mudar o irremediável do casamento no remediável do divórcio, desde que chega a ocasião.

Damas e cavalheiros, porém, logo exclamam.

— Pois quê? Então divorcia-se?

— Por quê? indaga alguém.

Vem a informação velada. Uma outra pessoa conta que também certa senhora pensa em fazer o mesmo. A notícia transforma-se em escândalo. Nós ainda não aceitamos muito bem o divórcio. Dentro de dois anos será tão banal como ir ao Leme de automóvel.

É a vida.

Entretanto, a dona da casa pensa que o mundo vai acabar.

— Quem diria, há vinte anos, que essas coisas tão facilmente se faziam na nossa sociedade! O divórcio! Mulheres mártires (as damas nunca consideram mártires os homens) suportavam tudo dos maridos sem a coragem de uma queixa. Hoje: o desejo é o divórcio.

— Para casar outra vez, minha senhora, pelas inúmeras religiões que consolam a cidade!

— Mas isto não é casamento.

— Enfim, é o desejo da liberdade.

Um conhecido deputado, que está a meu lado, não se contém, e baixo:

— Você já reparou que os desejos da sociedade são sempre o oposto dos da sociedade extra? Nós temos um começo de *rage*[22] do divórcio, que as leis afinal deviam legalizar. Pois no mundo *où l'on s'amuse*[23] é o contrário. Sabe você o maior desejo da Pepa Ruiz?[24] É casar, filho, casar no civil e no religioso para toda a vida...

Joe

Gazeta de Notícias, Rio de Janeiro, 6 out. 1907. Cinematógrafo.

O telefone

O telefone serve para uma porção de coisas. Serve em geral para se falar rapidamente, para fazer desaparecer as distâncias. O telefone é uma dessas descobertas, como dizia a Cécile Sorel,[25] "sobretudo útil ao conforto"...

Eu concordaria com a grande beleza efetiva de Paris, nas linhas gerais. No detalhe, o telefone é, às vezes, inconfortável e irritante. Quando, por exemplo, passa uma pessoa meia hora a gritar:

— Está lá? Está lá?

E a *demoiselle* responde, tranquila:

— Está em comunicação!

Quando, por exemplo, as senhoras das nossas relações sabem falar ao telefone... Ah! O telefone é bem um novo instrumento de martirização masculina nas mãos encantadoras dessas senhoras. O telefone serve às damas para não largarem as vítimas, nem à distância. Com o desenvolvimento do uso do telefone, nem os maridos, nem os amantes poderão mais trair. Fica o direito reservado apenas ao sexo suave — porque se nós não tocamos para a modista ou a costureira a saber se *madame* já chegou, elas acompanham os passos dos cavalheiros a quem dão a honra da atenção, graças apenas ao telefone. Conheci uma senhora, que do seu quarto de vestir, acompanhava o marido telefonando para todos os pontos onde ele devia estar, a certas horas. O pobre vivia na observação daquele horário a chamadas telefônicas — e só podia enganar a esposa, à pressa e nos intervalos...

Mas estas minhas banais frases sobre o telefone vêm a propósito de mais um aspecto da infâmia da tremenda gente que neste país, por não ter o que fazer, insulta e pretende agoniar os outros.

Os senhores conhecem a carta anônima? O telefone substitui esse atentado da torpeza humana, com grandes vantagens. Um malandro não tem o que fazer. Recorre à lista dos assinantes da telefônica e chama as casas que bem lhe parecem. Ai dos que não lhe caíram no gosto!

Um ministro dizia-me, há tempos, que jamais tivera coragem de confessar quem era, pelo telefone, com medo aos insultos. Em geral o criado respondia. E mesmo sabendo quem lhe falava, o ministro, hoje presidente de Estado, falava com a voz disfarçada, sem nunca dizer o seu nome.

— Nada! Mesmo pelo telefone não é agradável receber insultos...

Os homens de uma certa notoriedade têm aqui, além de outros trabalhos, o de receber desaforos e esse é tão abundante que o acréscimo do telefone deve deixá-los indiferentes. Mas agora fazem também a infâmia com senhoras inofensivas.

— Alô? É mesmo a sra. Fulana? Venha já ao aparelho. É urgente. Ah! É a própria? Escute. Seu filho acaba de ser preso...

Ainda ontem, uma digna senhora, em lágrimas, veio contar-nos que lhe tinham dito isso pelo telefone. Era uma pessoa nossa amiga — o filho, que apareceu pouco depois. Não tivera prisão alguma. E a pobre dama exclamava:

— Para que agoniar assim uma senhora! Mas eu nunca fiz mal a ninguém...

Certo, ela nunca fez mal a ninguém. Mas a infâmia não cuida disso. E o telefone é hoje, nesta extraordinária terra, assaz cheia de canalhas, um dos principais agentes do insulto anônimo, da calúnia, enfim da série infinita dos crimes covardes, dos crimes dos eunucos — os crimes que não levam à cadeia os miseráveis autores escondidos numa sombra feita de lama...

Joe

Gazeta de Notícias, Rio de Janeiro, 20 mar. 1914. À Margem do Dia.

NO MUNDO DO TRABALHO

Precisamos ser livres e só o podemos
ser na conquista pessoal da fortuna, trabalhando.
Todas as profissões são nobres, todo o trabalho
honra e só o trabalho dá o sentimento coletivo
do patriotismo.

JOÃO DO RIO[26]

A cidade em dia de greve

A cidade em dia de greve... Aqui está um aspecto urbano, que os nossos avós não conheceram: a greve é um dos frutos da árvore da Civilização, que, se dá alguns pomos saborosos, dá outros amargosos e bem pouco apetecíveis.

O aspecto é triste, porque denota exaltação de ânimos, suspensão de trabalho, sofrimento de um lado e violência de outro. Mas, para quem se interessa pela feição estética dos episódios da vida, esse aspecto tem um certo encanto de novidade. O movimento é maior; a vida urbana precipita-se; há em todas as fisionomias susto, ou cólera, ou despeito; a tropa, de terra e de mar, anima as ruas com os fardamentos de cores vivas; brilham ao sol carabinas, revólveres e sabres, e os muares das carroças, dos carros e dos *bonds* gozam da honra, passageira mais brilhante, de serem guardados e acompanhados por ordenanças a pé ou a cavalo...

Reconheçamos que o espetáculo, pela sua raridade, é digno de admiração: mas reconheçamos também que, para ser admirado, deve durar poucas horas, um dia no máximo. Uma arruaça, que dura mais de vinte e quatro horas, diminui o lustre do prestígio da autoridade, põe em perigo a força moral do governo, e faz a gente pacífica duvidar da sua capacidade. Porque enfim, não é nada agradável, para um cidadão inofensivo, ficar impedido de ganhar honestamente o seu pão de cada dia, e arriscar-se ainda por cima, a ser esbordoado, esfaqueado e baleado por causa do que não comeu nem bebeu: — e, em geral, quem mais sofre, com esses motins, é a gente que menos pecados tem a purgar e que menos contribuiu para criação de situações perigosas. Coitado do holandês, que paga o mal que não fez!

Tenho um amigo, que gosta de revoluções e de barulhos, por índole. Ontem, esse meu amigo, assim que soube que a cidade estava conflagrada, saiu de casa cantarolando e veio apreciar o espetáculo. Mas foi tão infeliz que, logo no começo do tumulto, foi alvejado por uma pedrada, que lhe amassou uma orelha, e quase lhe esborrachou a cabeça... Encontrei-o, quando ele já saía da farmácia, espalhando em torno de si um cheiro forte de arnica:

— Aí tem você o resultado dessa mania de gostar de barulhos! — disse-lhe eu.

— É verdade! confesso agora que já estou gostando menos...

Ah! nem todos os espetáculos admiráveis são benéficos! Há espetáculos, que são como os pepinos: muito bons de comer, e muito maus de digerir.

X.

Gazeta de Notícias, Rio de Janeiro, 11 jan. 1904. A Cidade.

As barraquinhas de Sant'Anna

De súbito o *bond* parou. A turba bramia revoltada, os passageiros esticavam o pescoço, o cocheiro vociferava, e o carro apanhava uma borrasca de invectivas. Para! Não pode! Canalha! Quase mata uma senhora! — Insolente! — Para! Para!

O meu amigo socialista, que me convidara para uma peregrinação pelas ruas pobres, a chorar a miséria e o desconforto do povo, saltou do *bond*. A multidão estendia-se compacta, densa, impenetrável, com um lerdo movimento oscilatório entre a igreja e o começo da rua. O calor sufocante abrasava as faces dos que discutiam com o cocheiro; a poeira, bailando na luz retangular das portas das lojas, subia espessa, elevava-se, desdobrava-se por sob o negro veludo dos céus, e o vozear desesperado aumentava, crescia, fragorava.

— É um conflito, murmurou o meu amigo socialista, meio nervoso. Sejamos prudentes.

— Qual, meu senhor! Isto tudo p'ra aí é a festa das barraquinhas! disse junto a nós um carroceiro. Estamos a uns pares de dias nesse rega-bofe! Todo o dinheiro que uma pessoa tem, com perdão de V. S., vai na víspora.

Barraquinhas! O Rio voltara a esse violento apetite de vício, que já dera as cenas turbulentas de há vinte anos no Campo de Sant'Anna, o Rio voltara à feira, à festa da Penha, permanente, e no centro da cidade! Arrastei o meu amigo socialista, que com prudência abotoara o casaco, e mergulhamos na massa popular.

Oh! a variedade de sabor dessas caras e desses tipos! As barraquinhas foram armadas nas duas faces laterais do terreno marcado para o futuro jardim da igreja de Sant'Anna. Como o sucesso foi grande, estão a construir outras na própria fachada da igreja, entre as portas principais. Cada uma não tem mais que metro e meio de largura. Quatro sarrafos, uma prancha para sustentar os vendedores, uma prateleira, lamparinas e metim perfazem o necessário para o funcionamento de cada tenda de jogo. No centro, num coreto muito alto, iluminado a acetileno, uma orquestra desafinada rebola maxixes e fandangos desengonçados.

Casquinando, apertando-se, jogando, suando, sob o chicote dos pregões dos vendedores das rifas, comida pela meia-luz do adro, a multidão, numa mistura convulsa, entregara-se ao delírio do jogo, do namoro e da especulação. Havia baianas anunciando bolos, com fogareiros e candeias, vendedores de refrescos, caixas de doces, grupos de garotos descalços gritando, carregadores, carroceiros, dois empregados da limpeza pública com as competentes blusas azuis e as competentes vassouras, bombeiros de farda de brim a desenhar a sua anatomia de ginastas, soldados do exército aquecidos pelo álcool, marinheiros, guardas-civis, mulatinhas rescendendo a éter floral com sorrisos libidinosos, velhas de capa e fisionomia triste, alunas da Escola Normal ainda com os livros na mão, mocinhos apertados em casacos muito justos, rapazes de *pince-nez* e chapéu de coco, negros, negras, lavadeiras com as mangas arregaçadas, um turbilhão de caras e de tipos a lembrar os assombramentos de Goya, cacarejando, miando, rugindo todas as gamas do instinto...

— Há quarenta barraquinhas! quarenta! notem os doutores. Quarenta! Patifes! E ainda estão a fazer mais. Venham ver.

Empurrou dois mocinhos de *pince-nez* e foi abrindo caminho até a igreja. Com efeito.

Duas turmas de operários, quase no escuro, erguiam os frágeis tabuados de outras barracas.

— Cheira a pecado até assim às barbas de Deus!

O meu amigo socialista, magro e sonhador, calara-se enojado. Evidentemente aquela cena não anunciava para breve as fantasias de Anatole,[27] o bem humano de Babel e a vida dos romances do dr. Fábio Luz,[28] mas era para mim, humanamente bela. Do ponto em que estávamos, nos degraus da porta principal da igreja, descortinava-se todo o espaço, o céu, onde os astros luziam as suas cores de diamante, de safira, de carbúnculo e de ouro, e o vasto quadrilátero escuro onde a turba redemoinhava. E essa meia escuridão favorecia a impressão do inédito. Era como um [*ilegível*] após a batalha, era antes como uma destas festas orientais nos quiosques debochados do rio Amarelo. As miseráveis barracas, forradas de selim rubro, iluminadas por lâmpadas fumarentas, apareciam como num vapor de poeira, e em cada uma delas, três ou quatro homens, em mangas de camisa, com objetos de quinquilharia, galinhas, patos, carneiros, cabritos, porcos, relógios esgoelavam-se, bradando:

— Quem quer? São só cinco números. Quinhentos réis! Quem quer um cabrito por quinhentos réis, quem quer? — E braços esticavam-se numa ânsia e o cabrito, como o anho do sacrifício bíblico, continuava resignado nas mãos hercúleas de um dos heróis da feira.

— Isto é a víspora ao ar livre! bradou o meu amigo. Se estas coisas se dessem numa batota sem proteção da polícia ou da imprensa, todo esse pessoal estava preso!

— E aquele homem dos relógios, então? regougou o pobre carregador. Olhem só para ele.

É espanhol.

Nós olhamos. Do lado direito um homem triunfante fazia retinir uma série de despertadores, enroscava-se naqueles fios de sons a bradar o pregão, e parecia satisfeitíssimo.

— Já perdi mais de oitenta mil-réis e ainda não apanhei um despertador!

— Como deve render isso!

— Se rende! Até os doceiros pagam para vender doces aqui dentro. Quer ver?

E com raiva mais forte, depois de recordar o seu prejuízo, o homem foi nos levando de quitanda em quitanda, a indagar. Todos respondiam afirmativamente. Para vender doces paga-se quinhentos réis. Exatamente numa dessas quitandas estava um senhor austero.

— É o irmão do vigário! informou o carregador. Os doutores falem a ver o que diz.

Eu tive essa curiosidade. O irmão do vigário, o sr. Araújo foi bonacheirão. Não sabia, ao certo, de nada, mas na sacristia estava o vigário pronto a nos satisfazer a curiosidade. No fundo fazia-se menos do que parecia, principalmente nos dias de semana. Aquilo era para auxiliar as obras da igreja. Oh! que prazer se o vigário soubesse da nossa presença! Era um grande auxílio. Senhoras da mais alta sociedade, cheias de prendas católicas, lá tinham ido animar as barraquinhas e não contentes com isso, enchiam de donativos a irmandade. Depois, mais animado, chegou a contar-nos uma história comovente. O arquiteto daquela igreja, construída há quarenta anos, estivera pela manhã em conferência com o estimado vigário. E dessa conferência resultara a construção de um imponente altar-mor, em que seriam despendidos cerca de quarenta e cinco contos. Em toda a história interessava-o a coincidência:

o mesmo arquiteto com quarenta anos de intervalo gastando mais ou menos quarenta contos...

Que prazer teria o vigário se recebesse a nossa visita! As autoridades vigiam as barracas com todo o cuidado, mas o impulso da imprensa!...

Estendi a mão ao sr. Araújo, que nos acompanhou maquinalmente, sorrindo. O meu amigo socialista fechara a cara. Deus para ele era ainda pior que as barracas, porque não tem remédio. O carregador piscava o olho, considerando Deus um cidadão incapaz de o fazer perder oitenta mil-réis, dando-lhe a gula de um despertador. Eu, sem ser melhor que o socialista e o carregador, compreendia e concordava com o sr. Araújo. Afinal, as barraquinhas eram um espetáculo curioso e de todo aquele vício que convulsionava à porta de um templo três mil pessoas, resultaria para a glória de Deus Criador e da boa Senhora Sant'Anna um altar magnífico em que todo o cobre, mais ou menos extorquido, se transformaria numa duradoira homenagem de arte e de mármore. Há calamidades maiores que não deixam tais resultados.

Mas, um súbito estralejar de risos, de pragas, de insultos poucos acompanhados de galopes de cavalos, abriu um claro na multidão e nas minhas reflexões. Era o conflito de sempre.

Corri, agarrei-me ao balaústre de um *bond*, e enquanto a turba debandava numa ânsia, figuras alucinadas, braços que resistiam, vestidos claros apagados na meia treva da rua, a minha fantasia, entre o alarido mais forte da matilha dos vendedores, julgou ver o templo incendiado pelo clarão vermelho das barracas e o clamor praguejador da populaça.

João do Rio

Gazeta de Notícias, Rio de Janeiro, 10 jun. 1905.

Imigração

É impossível deixar de verberar a indiferença dos nossos governos quando se trata dos problemas capitais da nossa vida. Este estado de nervos em protesto, tenho desde a entrevista que um dos redatores da *Gazeta* teve com o sr. Diretor do Povoamento do Solo. Não é um erro deste governo, deste ministro ou deste funcionário: — é o nosso caso de indiferença criminosa e coletiva, de falta de ação quando se trata dos grandes problemas capitais.

Precisamos de imigração, precisamos de braços, pedimos imigrantes. Durante muito tempo gastamos dinheiro idiotamente, fazendo patriotismo ainda mais idiota, quando os países de emigração impediam a corrente para o Brasil. Passamos o governo benemérito de Rodrigues Alves, entramos numa fase de trabalho extraordinário. O problema continuava sem solução. Miguel Calmon[29] resolveu-o. Desde então tem sido uma dança, um avançar e recuar, em que o ministro que vem depois destrói sempre o que fez o da véspera. E o regulamento continua defeituoso e tratam todos de outra coisa.

Dá-se agora a crise do trabalho, crise fatal após o excesso anterior. Ao lado do serviço de povoamento, fizera-se uma enorme corrente de imigração espontânea, como para os Estados Unidos — o que significa a súbita atração de nosso país. Esta corrente, que veio para a cidade e já a encontrou em crise, quer trabalho e não encontra, deseja meios para se manter e não os acha.

Como temos uma repartição da Agricultura (que aliás tem prestado grandes serviços), que recebe o imigrante a bordo e dá-lhe terra, animais, dinheiro, etc., para fazê-lo proprietário e agricultor — é de esperar que essa repartição procurada pelo imigrante espontâneo, sem trabalho na cidade, o ajude e o coloque. Mas, dá-se o contrário.

— Há quanto tempo está cá?

— Seis meses sem arranjar emprego.

— É imigrante expoente. Veio para a cidade?

— Saiba V. Ex. que sim. Mas a crise... Ouvi que faltam braços no interior. Queria uma passagem ao menos.

— Impossível. Se V. tivesse vindo pela Ilha das Flores estava proprietário. Como V. veio para ganhar a vida também, mas por conta própria, é impossível...

E o homem parte a trocar as pernas — porque o regulamento esqueceu o caso especial dos trabalhadores que vindo para a cidade onde não encontram trabalho, querem ir para o campo trabalhar.

Ora isso é simplesmente fantástico! E não só fantástico. Faz-nos um terrível mal, os inimigos buzinam aos quatro cantos que estamos numa desgraça, os jornais de Portugal contam histórias delirantes de filas de mendigos de quatrocentos metros; os desempregados escrevem para as famílias pintando as coisas com a cor da algibeira vazia, que é a cor mais trágica do orbe. Há um furacão contra a imigração para o Brasil, apenas porque no Rio, há dificuldades para dar trabalho, enquanto os Estados estão a pedir gente e braços.

Não seria muito mais simples servir os imigrantes espontâneos sem trabalho aqui, que pedissem auxílio ao Povoamento, e dar-lhes o mesmo que se dá aos que partem da Ilha das Flores para as fazendas do Estado?

Seria e é. Mas não está no regulamento. E por mais que isso nos cause um inominável prejuízo — continuaremos como até agora. *Deux pays!*[30]

Joe

Gazeta de Notícias, Rio de Janeiro, 30 mar. 1914.

À Margem do Dia.

A propósito da greve

Na livraria, felizmente sem literatos, entrou o homem simpático. Mais velho do que moço, alto, a face rapada, o andar arrastado no apoio de uma grossa bengala, o olho agudo e inteligente:

— Conhece?

— Ainda não.

— É o anarquista João Gonçalves.

— Brasileiro?

— Nasceu aqui, mas como todo anarquista, não tem pátria. Grande força sobre o operariado. É um dos autores da greve, segundo a garantia da ordem social, que é a polícia.

Eu passara os dias impressionado com os problemas da greve, e principalmente irritado com as imensas tolices que os agitadores profissionais metem nos cérebros operários. Ouvira muita coisa — o que me dava o desejo de falar também.

João Gonçalves aproximou-se. Chamava um escritor de vendido e considerava certo jornal inimigo. Logo entramos em discussão:

— Você sabe muito bem que nem o jornal é inimigo, nem o escritor vendido.

— Você é um literato, definiu João Gonçalves. Em tudo você é literato. O seu interesse pelo problema social é artístico-filosófico. As suas opiniões não têm valor agitador.

— Queria você que eu dissesse tolices em tom enfático e estabelecesse na cabeça dos operários verdadeiros disparates? É curioso. Esquece você que todas as convulsões sociais são resultantes de opiniões literárias?

E de repente vi que me embrenhava com João Gonçalves em tremendo debate a propósito das horas de trabalho, dos salários, do patriotismo, do operariado, da revolução social, da liberdade, da ação do governo. Mas era tarde para recuar. João Gonçalves anarquista é proprietário. Falava da Rússia. Eu, literato, discutia em vão. Por fim João Gonçalves achou que eu devia meditar. Achou isso, amavelmente. E separamo-nos, como em todos os debates, guardando cada um a sua opinião. Apenas, ao ficar só, senti a verdade da sua observação: para agitar multidões a literatura não serve...

Como, porém, a minha ambição é exatamente outra — a marca da profissão literária que no Brasil deprecia os valores, não só entre os políticos, que não pensam, como entre os anarquistas congestos, torna-se de grande utilidade para observar com calma.

Qual a origem da greve? Foi em São Paulo o açambarcamento do mercado de gêneros de primeira necessidade por três ou quatro firmas, cujos lucros são miseravelmente formidáveis.

Não se daria a greve, porém, se não tivéssemos em circulação por algumas cidades do Brasil, há vários meses, alguns agitadores estrangeiros, perigosos, pela sua ignorância, não só à tranquilidade pública, como às classes operárias. A greve, no Rio como as outras menores, foi reflexo. E falhou tal qual as anteriores tentativas contra a carestia, pelo despautério, pela tolice, pelas violências inúteis — pelo desconhecimento que os agitadores da massa operária tinham e têm da própria situação do operário.

Se formos por partes a palestrar com os operários, sem palavrões românticos e paródias ridículas, poderíamos dizer:

— Em cada ponto da terra o problema é diverso. Há agitadores que falam na revolução social e na igualdade, fazendo com que operários sem dinheiro para o feijão, digam, como eu ouvi de uns, "que desejam a paz, trabalhando cada operário duas horas por dia". Ora, não há país em que a liberdade seja tão grande como no Brasil. Esse excesso de liberdade tornou-se a licença de não se pensar na liberdade dos outros, isto é, nos problemas gerais. Que agonia o operariado? A carestia da vida. Ora, todas as classes sofrem do mesmo mal. O repórter, que corre atrás dos grevistas e que, segundo me parece, também pode ter família, ganha em média o quanto ganha um pedreiro e paga o açúcar e o feijão pelo mesmo preço alarmante. O funcionário público está nas mesmas condições.

Por quê?

Pelo excesso da célebre liberdade de que falam os sem reflexão, a liberdade que impede os movimentos coesos e destrói em egoísmo os problemas da coletividade. Na Europa, antes da guerra, vimos revoluções pelo aumento do preço do pão. Durante a guerra, os governos de todos os países têm a função de regularizar o preço dos gêneros de primeira necessidade, para impedir a exploração dos açambarcadores. Aqui, há três anos, os preços aumentam, sem que o governo tome providências e o povo não protesta com continuidade e os preços aumentam e temos grandes riquezas repentinas na ameaça da fome pelo preço fabuloso dos víveres. Com anarquia espetaculosa na anarquia da falta de decisão geral, nada se adianta. É o poder regulador da lei, é o governo e não o "liberdade companheiros", que impede a exploração. Os assaltos a armazéns estragam mantimentos, não barateiam o feijão; os discursos podem inflamar os ânimos, mas não reduzem o preço da lenha. Só a liberdade do Brasil daria ares de grande problema à carestia da vida. E só essa inconsistência, assim como permite grandes fortunas comerciais, permite bandos de estrangeiros de todos os matizes a pregar revoluções, sem os pôr fora.

Razão primeira da greve, razão justíssima, a carestia é mal geral.

A greve, porém, não se compreendeu assim e foi o protesto contra o que os operários consideram a representação de todos os seus males: os patrões. Realizado o ideal agitador de obter a interrupção do trabalho numa fábrica, os chefes precipitam-se no absurdo, e a primeira coisa que os apóstolos da liberdade obstam é a liberdade alheia, a começar pela dos operários, que não têm as suas ideias. Em pouco, esse sentimento é violência na massa e nós sentimos a agourenta impressão do desastre pela falta de diretrizes seguras.

Qual o operário que não sinta em separado que a metade das reclamações formuladas é infantilidade? Qual o operário que apenas com o seu bom senso, sem bandeiras e discursos, não veja a ignorância dos reclamadores, não a ignorância de livros, mas da própria situação do operariado?

O que há no caso das relações entre operários e patrões é uma formidável diferença de tais relações de fábrica para fábrica. Há umas que exploram no salário e há outras, como certa fábrica de calçado, cujos diretores, ao receber a tabela das reclamações, sorriram, pois já davam mais do que o pedido. Não é possível vir de Barcelona ou de Odessa reclamar coisas para o operariado no Brasil porque o aspecto do problema é outro aqui. Devemos ter a coragem de dizer que estamos longe de ser país manufatureiro. A nossa indústria é exígua. Só agora a necessidade a fará aumentar e desenvolver-se. As duas centenas de patrões não têm a pauta de uma legislação que regule e defenda o operário. A coisa vai ao sabor da generosidade de cada um, e o que parece loucura ali é acolá justiça. Por enquanto, porém, estamos no início da vida prática. Os operários fazem a greve e pedem coisas que pasmam no Rio, mas de que ninguém sorriria na Alemanha. Amanhã, porém, o problema dilata-se e teremos de legislar conforme o trabalho, o local, o clima. Há fábricas com dez horas de trabalho e os operários querem a hora inglesa? Mas, sabem eles que a hora inglesa é a contagem só do tempo de trabalho e não de permanência na fábrica? Temos fábricas de tecido e os grevistas entram nas casas das costureiras para fazer a greve das aprendizes. Logo mais teremos a exploração das minas, mil e uma outras explorações extrativas e fabris. Tudo está por fazer, precisamente porque o Brasil prático só agora começa, de modo que até agora a indústria era uma aventura como a dos bandeirantes.

Aqueles que se colocam do lado dos operários pintam os patrões no Brasil num único tipo: o do homem que tem uma exploração a cargo de um gerente, ao qual dá gordas gratificações pelo que ele explorou dos operários. Há, de fato, lucros enormes, mas ninguém se lembra das fábricas que fecharam. Aqueles que se colocam do lado dos patrões, não dizem coisa que se entenda: são outro aspecto do anarquismo.

Os operários foram conduzidos mal. Poderiam ter obtido o que é necessário, se tivessem quem por eles, em vez de os excitar em vão, falasse não com sentimento e palavras ocas, mas com a simples justiça. Terminada a greve, nós vemos os inumeráveis problemas a resolver no Brasil desde já. Os operários devem, porém, ter sem exaltação o sentimento do que devem fazer. Essa seria a utilidade da greve.

A carestia da vida depende de medidas do governo. Nas relações com os patrões, o estudo de cada ramo, os acordos com os donos das fábricas, observar ao Congresso a necessidade de regulamentações. Para os governos, creio eu, e, principalmente, para os governos de países que começam, operários e patrões têm valores idênticos, são capital e trabalho igual a progresso. Para o operário no Brasil, anarquismo, reivindicações, liberdade, niilismo, socialismo, são extravagâncias num país onde eles devem começar por esquecer essas resultantes das organizações europeias — para agir como realmente são: homens livres, iguais aos outros, podendo tirar do seu trabalho o que a sua capacidade lhes der.

Se não há nada feito; nenhuma lei os vexa; se nenhum dos fatores da escravização das classes proletárias na Europa existe aqui, para que, falando de liberdade, trazer para o Brasil a sobrevivência hereditária do protesto do povo escravo?

Os casos são absolutamente diversos. Os proletários de hoje, que devem aspirar a ser amanhã patrões, podem organizar a sua vida, obstar explorações, firmados no seu valor de igual para igual. Não precisam para isso de atirar pedras na polícia nem de perturbar a liberdade alheia. É agir com clareza de raciocínio em vez de gritar revoltas. Revolta é o protesto do inferior. Não há direitos conspurcados, há direitos a estabelecer. Se os proletários apontam patrões exploradores — devemos ver que eles existem apenas porque os proletários o querem, fazendo greves confusas com fantasias infantis, em vez de organizadamente e com calma estabelecer a sua situação — o que seria um bem para o Brasil de amanhã — apesar da politicagem, destinado a ser o celeiro e a fábrica do mundo novo.

Foi o que a minha literatura disse a João Gonçalves. E estou quase certo de que entre esta literatura minha e as fantasias inúteis e os absurdos confusos e os manifestos retóricos — seria muito mais útil aos operários escolher a primeira, agindo com eficiência.

João do Rio

O Paiz, Rio de Janeiro, 28 jul. 1917.

A origem das greves

Como recebêssemos a notícia de mais uma greve da Resistência, em companhia daquele homem ilustre, ele ficou grandemente em cólera. Por quê? O homem ilustre é pouco conservador; mais de uma vez o vi deplorando a situação do trabalhador. O homem ilustre explicou, porém:

— Mais um erro — o erro de todos nós, o erro de querer parecer estrangeiro.

— Isso acontece com os *snobs*...

— E com os operários, e com os burgueses. É o mal medular do Brasil. Que pena não lhe poder explicar em poucas palavras a regeneração necessária à nossa Pátria. Enfim, já o divino Platão, no seu *Timeu*, sentia a angústia de não ser suficientemente breve, quando exclamava: "Se pudéssemos fechar-nos nos justos limites de modo a parecer dizer muitas coisas em poucas palavras!"

— Há ataques a carroças. A cidade agita-se. Se não é possível ser breve, vamos passear.

— Passear e pensar são verbos que se completam. As divagações ganham na forma peripatética. Que pensa você desta greve?

— Penso que é mais uma, e que teremos outras muitas, cada vez mais amiúde.

— E de quem é a culpa?

— Dos governos, dos burgueses, dos trabalhadores, do povo, em geral. A questão é simplesmente de compreender o problema desde o começo. Como o compreendemos nós? Quer da parte dos estadistas, quer dos capitalistas, quer dos trabalhadores — a noção do conflito do trabalho é europeia, com soluções europeias. O deputado cita muitos livros e o operário chama os maximalistas de caros irmãos russos. Temos, assim, um grande país, onde todos os problemas europeus deviam ser coisas resolvidas, e que, entretanto, têm os mesmos aspectos que procuram resolver como na França ou na Espanha.

Francamente, você acha possível que se discuta socialismo na livre América? Compreende-se um operário atirando bombas e fazendo greves na Europa. Aqui, é absurdo. Absurdo e humilhante para os operários. Veja você a Europa, abstraindo a guerra que a vai modificar muito. Há certas classes sociais, hereditariamente divididas e cuja luta, de baixo para cima, começou há muitos séculos.

O operário é o descendente do servo da gleba no tempo dos senhores feudais. O esforço a realizar, o esforço realizado, são imensos. Mas permanece o ódio, a diferenciação.

Ora, na América, o problema devia ser inteiramente outro, ou então não valia ter descoberto a América, Chanaan[31] da

Humanidade. Nós conquistamos isso ao índio. E, atravessando o oceano, devíamos ter perdido todas as ideias de superioridade e chegar à terra iguais uns aos outros, para o trabalho. Só há uma diferença humana: a da inteligência. No resto é tolice acreditar.

Assim, se em vez de termos arranjado leis como as da Europa e todos se tivessem sujeitado a elas, se os deputados realizassem leis práticas em vez de cópias do estrangeiro, se os operários em vez de imitar a CGT,[32] tivessem a consciência de que são homens livres — isso sem discurseira, praticamente, não só o desenvolvimento do Brasil seria mil vezes maior, não só a repartição de terras teria espalhado a população, como nós teríamos uma pátria, coisa que não temos, porque o nosso corpo está aqui e a nossa ideia está a ver o que disse Stirner,[33] o que pensa o Lenine, etc.

É possível voltar ao passado? Por que uma pedra que cai não volta ao lugar de onde caiu? "Seria preciso, diz Maxwell,[34] entre todos os estados vibratórios em número infinito, que correspondam à mesma temperatura, escolher exatamente o estado inverso daquele que produziu o choque." Dá-se com o desenvolvimento dos corpos sociais o mesmo. É impossível a regressão enquanto ignorarmos o estado inverso àquele que produziu a deslocação. Em compensação, há uma coisa séria que se chama "a realidade moral do progresso".

Ora, é absolutamente extravagante que se dê o deslocamento sucessivo de bandos e bandos de homens para o Brasil, sem preconceitos, sem outro ideal senão o de ganhar dinheiro com abundância, livremente, e que, chegados aqui, com estados vibratórios diversos, temperatura oposta, ambiente outro, organizam, contra todas as possibilidades, uma sociedade pensando à francesa, à portuguesa ou à espanhola, com preconceitos, respeitos estapafúrdios e homens que fazem a reivindicação social por meio de greves, que a polícia tem de coibir.

Os direitos do homem, vários séculos depois de Rousseau, num continente que devia ser a terra em que todos tivessem direitos iguais! Socialismo e anarquismo, num país que devia ser a democracia perfeita! Isso é de um ridículo doloroso. Dá a impressão de cópia malfeita, de decalcomania.

E com resultados hiperidiotas. Veja V. o caso dos hotéis. Noventa e nove por cento dos proprietários de restaurantes e hotéis foram *garçons*. Isso já demonstra uma possibilidade menos possível na Europa. Há vinte anos os *garçons* se queixavam de trabalho demasiado. Há mais de vinte anos, reunidos americanamente como homens livres, deviam ter combinado o modo de trabalhar com os patrões, que são indivíduos iguais a eles.

Mas o espírito europeu, o receio atávico do patrão, a cabeça pensando como na Europa, a solução que encontraram foi a da violência. Historicamente, na Europa, as classes só conquistam melhorias pela violência. Aqui, meteu-se o Centro Cosmopolita pregando socialismo numa questão que não podia deixar de estar resolvida. E meteu-se, com o acréscimo da vontade do dr. Venceslau,[35] que não sabe nada, a não ser a ciência de atrapalhar tudo. Resultado: obtivemos a desordem, e intervenção indébita da Prefeitura na casa alheia, a cidade mal servida, os *garçons* menos contentes e odiando ainda mais o patrão, que eles deviam aspirar ser amanhã.

E por que tudo isso? Por que a desordem das cidades, enquanto no interior de terra ubérrima se morre a fome? Pela colossal inépcia de não pensarmos por nossa conta, de não resolvermos os nossos problemas por nós mesmos, de sermos cabeças estrangeiras em vez de americanas. Falta-nos inicialmente a moral da nacionalidade.

É preciso que cada um se convença que isto aqui é outra coisa. Foi o que aconteceu nos Estados Unidos. É o que deve acontecer na América do Sul. O meio, principalmente, no interior, transforma por completo o estrangeiro. Percorra V. algumas províncias argentinas, vá ao interior de S. Paulo e de Minas e veja se descobre no imigrante o verdadeiro espanhol, o verdadeiro italiano. Apenas a América do Norte teve sempre um ideal, um fim. Aproveitava o meio e realizava um programa. Nós ignoramos o nosso fim, no desejo de fingir ser gente do outro lado. De modo que, enquanto a natureza opera as transformações, a nossa cabeça continua a querer ser dos outros. Dá-se assim uma anomalia: somos independentes politicamente, e mentalmente, moralmente colônias.

— Não!

— Sim! Para que essa doença de achar melhor sempre o que vem da Europa? Para que o erro de adotar os preconceitos morais, as ideias adquiridas, secularmente fatigadas da velha Europa? Para que, presos à lenta evolução conservadora da Europa, considerarmos problemas nossos, e permitir entre nós, em solo americano, os problemas europeus, querendo resolvê-los como eles são resolvidos lá?

A nossa diminuição moral e consequentemente prática vem da pertinácia alvar com que nós insistimos em querer dar ao europeu a ilusão de que ele é superior a nós. Isso dá apenas lucro aos outros povos. Mais nada. Lucro industrial, desenvolvimento econômico. O sul-americano, com a cegueira do erro, ainda não viu que só há um grande mal, para os homens como para os povos: reconhecer a própria inferioridade diante de outrem.

— Isto é, o nosso mal é não liquidar o passado?

— Ao contrário. É ficarmos com o "nosso" passado. Conhece Locke?[36]

— Não conheço Locke.

— Pois Locke escreveu: — "Suponham que um homem crê ser a mesma alma que foi outrora Nestor[37] ou Thersito.[38] Façam com que uma das ações desses dois homens se tornem coisas de que ele possa ter consciência e o homem achará que ele e Nestor ou Thersito podem ser um. Sobre essa identidade pessoal se funda a justiça das recompensas e dos castigos". Nós pensamos no passado? Pensemos no passado da raça entre nós. Desenvolveremos qualidades de espantar. E nesse ponto o Brasil é a terra dos mais estupendos heróis da terra: os "bandeirantes", aqueles que demarcaram o Brasil e o atravessaram da ideia de ambição, cortando o impossível das florestas e dos rios. Se cada um de nós pensasse ser e quisesse ser Fernão Dias Paes Leme — o Brasil seria formidável, teria realizado o programa esplêndido: mais velocidade, mais aptidão, mais entusiasmo: *ut velotius, aptius, et acrius*.

Cada um de nós, na América, deve ter o orgulho de ser da raça americana, com o espírito americano. Os portugueses e os espanhóis de hoje são nossos irmãos. Mas o primeiro português aqui, iniciou uma nova raça, como o primeiro espanhol na Argentina. Os de hoje, nós e eles, temos cultos inteiramente diversos. Os portugueses devem venerar as suas energias, como os espanhóis os seus conquistadores. Mas nenhum dos nossos heróis portugueses e espanhóis — é um herói nacional nesses dois países. Portugal tem entre os seus maiores, Vasco da Gama ou Pedr'Álvares. Mas não terá jamais um dos bandeirantes. Porque lhes falta a identidade pessoal que o meio desenvolve. Eles veneram os descobridores de riquezas, os guerreiros dominadores. Nós veneramos os iniciais da raça brasileira.

Melhor: devíamos venerar. Porque, o que exatamente nós fingimos venerar e citamos a cada passo são os representativos de outros povos, de outros países e consequentemente de ideias que não podem ser as nossas.

— A divagação levou-nos um pouco fora das greves...

— Mas, ao contrário, não saímos da greve! Eu explico a origem moral do problema operário entre nós. O Brasil é um país, cujo desenvolvimento devia ser espantoso e onde não poderia haver problemas de classes, nem lutas pelos direitos de cada um — se todos, em vez de se organizarem à moda estrangeira, se organizassem para o seu próprio conforto. Como se dá o contrário, como se deu o contrário, como se dará sempre o contrário, teremos sempre este espetáculo que só tende a piorar: um imenso território vazio, com as povoações rurais desamparadas pelos pândegos que são governo. E nas cidades, um tremendo conflito, copiado da Europa, entre industriais incipientes e trabalhadores que exigem, pensando na Revolução Francesa e na Rússia, sem um determinado escopo, sem melhoras, sem finalidade.

Há uma greve a mais? Esperem para breve a greve geral!

João do Rio

O Paiz, Rio de Janeiro, 6 abr. 1918.

A VIDA VERTIGINOSA:
NOS MOMENTOS DE LAZER

Bendita estação de cura! — maravilhosa paisagem que nenhum de nós reparou! Banho milagroso que nenhum de nós tomou [...]

JOÃO DO RIO[39]

Os banhos de mar

De todos os aspectos da cidade, nestes inclementes mas belíssimos meses de verão, o mais admirável é com certeza o das praias de banho, às primeiras horas da manhã, quando o sol dardeja nas ondas os seus venábulos de diamante.

Do Caju a Copacabana, a longa faixa do nosso litoral fica cheia de uma alegre multidão, mergulhando com delícia na água arrufada, e voluptuosamente respirando um ar que entra pelos pulmões numa carícia aveludada e suave. Não há tristeza que resista ao encanto dessa animação à beira-mar, ao romper do dia, quando ao rumor do marulho se casa o rumor das risadas, dos gritinhos de susto do papaguear satisfeito dos banhistas, e principalmente... das banhistas.

Há muita gente que tem medo do mar, que não gosta de mergulhar dentro dele, mas que salta da cama ao clarear do dia, veste a camiseta e o calção curto, e vai fingir que toma banho, — só para apreciar o movimento balneário. Esses são os *mirones*: e são os que mais se divertem, porque têm de graça o mais agradável espetáculo. Vê-se decerto, dentro d'água ou sobre a areia, muita perna velosa, muito pé torto, muito joanete medonho, muito corpo simiesco: mas, em compensação, aparece, de vez em quando, surgindo do azul do oceano, uma linda imagem que parece a ressurreição da antiga Kypre,[40] filha das ondas, cortando com o talhe esbelto a turquesa líquida, e espalhando entre os flocos da espuma o jorro de ouro ou de ébano da cabeleira...

Mas até a gente feia fica bonita, a essa hora matinal, junto da água arfante, sob a chuva de prata do sol. Até os enfermos, os reumáticos, os paralíticos, os tísicos, que vão todas as manhãs pedir ao mar generoso a cura ou a melhora, — até esses parecem outros, quando se aproximam das ondas: revivem, ganham cores, readquirem o movimento, — tal é o prestígio d'essa hora mágica, tal é o sobrenatural poder do sol que tudo transforma e embeleza...

O mar é um grande remoçador. Conheço um sujeito, que, quando atravessa a rua do Ouvidor, às quatro da tarde, é um pobre destroço humano, oscilando sobre as pernas bambas, e tristemente olhando para o chão, como quem vai procurando a própria sepultura... Pois esse mesmo sujeito, quando sai do banho de mar, parece Apolo adolescente preparando-se para fazer a corte às nove musas, ou Baco infante aprestando-se para ir conquistar as Índias...

Oh! fantasmagorias do mar e do sol!

X.

Gazeta de Notícias, Rio de Janeiro, 24 dez. 1903. A Cidade.

Santa Roleta

Confissões de um "ponto"

Há decerto uma misteriosa afinidade entre as roletas e as cidades de águas. Onde haja uma praia, uma fonte termal ou um jorro com propriedades minerais, podeis ter a certeza que há também roletas; e quando um homem vos disser, apalpando o estômago ou consultando o crânio, a ver se ainda lhe restam cabelos: venho de fazer a minha cura! — afirmai com a convicção de uma absoluta verdade: que incorrigível roleteiro tenho diante dos olhos! Cidades de águas, — cidades de jogo, aqui, neste selvagíssimo Brasil, como na Alemanha, como na França, como em Portugal.

Parece que as fontes, outrora guardadas por ninfas e hamadríadas, logo que a análise química lhes deu foros de superioridade científica, correram os protetores pagãos e tomaram por padroeira a roleta. Porque as cidades d'água não vivem de curas, vivem do dinheiro que a roleta absorve dos curáveis — a roleta, santa Roleta. Nossa Senhora das águas aproveitáveis...

Eu era um homem sério sim, sério, não o admirem — há piores. A minha austeridade não me faria ganhar diretamente o reino do céu, mas, consultando a vida dos santos, eu esperava ter uma curta parada no purgatório apenas. E, quando alguém me falava na Roleta, sentia pela Roleta a mais completa e radical indiferença. Cheguei, entretanto, a Caldas, ai de mim! Quem poderá jamais lutar com a padroeira de uma cidade? Se os franceses perderam contra os Sá apenas porque são Sebastião protegia a sua cidade do Rio de Janeiro, como iria eu lutar em terreno da santa contra a própria santa?

Logo no dia da minha chegada um político notável indagou:

— Não vai você fazer a sua iniciação?

— Eu abomino o jogo.

— Mas é impossível resistir à corrente. Ouvindo Teixeira Mendes, um homem fica mais ou menos positivista; tomando um banho de Poços ou bebendo um copo de Caxambu, esse mesmo homem fica fatalmente roleteiro. É uma religião. O homem é um animal religioso. A roleta, como todos os deuses, guarda no seu bojo a provável felicidade futura.

Eu resisti, oh! sim — resisti: e lembrando que santo Agostinho, o filho da mais chorona das santas — santa Mônica, fora a vários templos antes de se converter e consultara vários bispos da cristandade até que a fé o iluminara, eu percorri várias tavolagens e ouvi a voz de vários banqueiros cantar o número vitorioso.

Só no largo do meu hotel há quatro templos, fora um em construção, o formidável e magnífico Casino que será dentro de dois anos a Candelária de Poços. Em cada uma dessas casas de religião, existe a sacristia para a mudança dos paramentos, salas para outras práticas devotas, e, finalmente, o templo com o pano verde desenrolando a iluminação dos números vermelhos e amarelos, a santa Roleta no meio, toda de metal reluzente, fazendo dançar os corações dos fiéis na bola e girando no giro da sua cruz polida a cabeça dos crentes.

Durante quatro dias eu estudei com afinco os banqueiros, os sacerdotes e os seus companheiros, os que dão fichas e os que as puxam com o auxílio desse instrumento de suplício que se chama raleira. Enquanto os "pontos" caíam na terceira dúzia, no "setor" ou nos "esguichos", eu, com um sorriso superior e irônico, tão superior e tão irônico que ninguém dava por ele, psicologava, com o olho de Balzac e o escalpelo de Stendhal, como fazem os literatos — a fisionomia plácida desses cidadãos. Mas a simpatia é um sentimento irreprimível. No quarto dia eu gostava mais do banqueiro que comanda o Casino da Empreza, cassino que modestamente se intitula Recreio. E tinha razão. Durante tantas horas nunca eu vira uma ruga enfeitar a fronte desse homem gentil.

A delicadeza da corte de Viena e o encanto da pragmática de um diplomata espanhol ficavam a lhe dever — o que, aliás, não acontecia aos "pontos". De dia vestido de claro, à noite enfronhado no seu *smoking*, sem joias espetaculosas, dizia o número e dava a bola como se estivesse convencido de que todos iam ganhar, menos ele. Nunca um pequeno erro de contagem de fichas alteou a voz de um fiel que esse pequeno erro não fosse desmanchado com uma elegância e uma generosidade de clube ultra *chic*. O pessoal que o cercava era a própria delicadeza. Bastava roçar a manga do *smoking* do nosso democrático paletó, para logo murmurar um "queira desculpar" maneiroso e discreto. E depois, ó senhor! esse banqueiro falava francês. Não dizia: "façam jogo!" pesadamente, dizia: *messieurs, faites vos jeux*. Não contava brutalmente: "duzentos mil-réis"; ciciava: *deux cents mil*; e quando alguém ganhava, pagando eu o ouvia murmurar: *je vous en félicite*...[41]

Gostei mais do banqueiro do Casino.

Depois, firmada a minha simpatia pelo sacerdote, estudei os frequentadores, insensivelmente, como escolhendo a companhia futura... E percebi logo que há *perus* inconvenientes, *cábulas* prodigiosas, gente que tosse e *mascables*. Em algum clube havia gente doente, homens escalavrados, perdendo somas grandes de maneira rapace, em fichinhas de quinhentos réis. No Casino jogavam-se fichas de vinte mil-réis; havia grandes nomes do comércio e da política, elegantes do asfalto paulistano, cavalheiros *chics* jogando como quem bebe água, tendo quase todos perdido já nos *petits chevaux*[42] de Aix-les-Bains, a corte de verão do bom Leopoldo da Bélgica, de parceria com o rei Jorge, soberano dos helenos. E, ainda mais, no Casino jogavam senhoras, havia o perfume, a cintilação, o encanto que as senhoras dão às cousas mais feias. Que delicado prazer jogar no 27 e ver dois dedos finos e nervosos, coruscando [*ilegível*] de preço pousarem algumas fichas de madrepérola no 27! Sentir por alguns segundos o bater uníssono do coração de uma desconhecida com o nosso coração...

Gostei mais dos fiéis do Casino.

Mas para jogar roleta é preciso ter sorte, ser um sujeito dotado da proteção misteriosa da senhora do templo. Não se sabe jogar roleta, tem-se sorte. Essa história de contar os números que deram, seguir a primeira dúzia porque a terceira já deu muito, acompanhar a progressão e a sequência — é tolice. Eu vira a viscondessa de z. perder três contos, apesar de ter um lápis e um papelzinho em que tomava notas; eu vira o rico c. ganhar uma semana, jogando loucamente, e perder o dobro na seguinte, jogando com toda a ciência; e o *fêtard*,[43] que é m. acostumado a todos os climas, porque viajou todo o mundo, demonstrar durante quatro dias, a permanência da bola em seis números, para perder depois, em oito, dez contos, desnorteado sem apelar para a ciência... E, de repente uma voz interior pareceu-me dizer:

— E tu, não terás sorte?

Sim teria eu também sorte? Qual o mortal que se julga sem sorte? Qual o mortal que se julga abandonado para sempre dos elementos constituintes dessa essência misteriosa, capaz de agradar e lisonjear os nossos apetites e aspirações?

E logo a voz, a princípio interior, exteriorizou-se numa ventriloquia bizarra. Eu a ouvia na roleta a rir.

— Homem, joga... Tu tens muita sorte...

E o 00 ou o 29, no pano verde:

— Joga em mim, e verás. Tu tens uma sorte!

E, em derredor da roleta, os montes de fichas rosa, cor de mosto, azuis, cor de laranja, brancas, em reflexos de madrepérola:

— Criatura, é lá possível resistir? Não sejas criança. O fato não está em ganhar, está em experimentar como tu percebes o futuro. Nós nos multiplicamos por 35...

Então, ao cabo de quinze dias, eu comprei dez fichas. O meu coração batia. Que emoção estranha, complexa, súbita! Havia vaidade, havia convicção, havia uma ideia vaga — oh! sim, muito vaga! — de lucro. Mentalmente eu calculava: vinte vezes trinta e cinco: — setecentos. A bola rolou, eu fui beber água, com a garganta seca e ouvi cantar calmamente:

— 21.

Tinha perdido.

Desde esse dia eu sou um dos "pontos" habituais.

Estou arrasado. Já tenho cábulas e um senhor magro que é minha mascote e que ainda não o sabe. Mas, francamente, como resistir?

Há uma misteriosa afinidade entre as roletas e as cidades de águas. Santa Roleta é inexorável. Eu fico consolado. Porque, afinal, podeis ter a certeza, quando um homem vos disser, apalpando o estômago ou consultando o crânio a ver se ainda lhe restam cabelos: venho de fazer a minha cura!... — esse homem é um incorrigível roleteiro!

Por cópia conforme.

João do Rio

Poços — 18-10-06.

Gazeta de Notícias, Rio de Janeiro, 31 out. 1906.

O fim do maxixe

Mas sim! A princípio ficamos a julgar o fato isolado. Depois vemo-lo que se repete. Nos teatros nem sombra dele; nos bailes alegres uns velhos conhecidos de cabelos brancos há quarenta anos; nas casas de música, tão abundantes em novidades, nem lembrança de um novo; nas ruas nem uma banda que o toque, nem um assobio que o recorde. Mas sim! Não haja dúvida. O maxixe morre!

Há coisas dolorosas. Essa decadência, entretanto, por mais acostumados que estejamos a grandes dores e pequenos desprazeres, é por demais insistente e por demais esquisita. A dança é a expressão gesticular de um povo. Na dança, a mais velha das Musas, punham com saber os helenos um superior poder. Além do prazer estético, da criação de estilo em que todo o corpo fala uma eloquente linguagem de ritmos, a dança é a feição mais clara da exteriorização de caráter de um povo. Através dos tempos, desde a legenda até agora, cada povo criara instintivamente a sua dança. E o maxixe era a nossa expressão, era o nosso ritmo, era a nossa demonstração individual, como a giga para a Escócia, o cancã para Paris, o tango para a

América espanhola. Grande extensão territorial sob influências de meio e clima diversos, no Brasil havia várias danças regionais tão diferentes umas das outras, como o paraense do rio-grandense e o baiano do paulista. Mas como há uma língua que mais ou menos a todos liga, como há um estatuto político a que mais ou menos todos obedecem, o maxixe era a dança geral, o sentimento rítmico que todos sentiam, a grande dança federal.

É inteiramente nosso. Nosso, como o capoeira, como o capanga, como o engrossamento, como as manifestações obrigadas, a retrato a óleo e a copo d'água, nosso, como o coioísmo, a bravata, a desconfiança, nosso, como o orgulho e a pernostiquice, inteiramente condenso da alma das nossas florestas em lianas enleadas, por onde ondulam as fosforescências das panteras, por ondem deslizam os coleios das serpentes. Complexas, confusas, plasmadas, as nossas origens etnográficas fundamentais viviam nele. Que é o maxixe? É o mestiço. Nasceu da fusão de uma dança de africanos — o São Bento, e de uma recordação do fado. Há dentro dele o torvelinho escaldante das sarabandas negras sob o sol da África, e a poesia, a chocarrice, a melancolia, a malícia de todos os fados lusitanos. É filho de negro e de português, é mulato. É o maxixe enervante como o cheiro da baunilha e das magnólias, gostoso como o gosto das mangas, torcicolante como os cipoais da floresta, perigoso, negaceador, dominador, sensual.

A princípio era o desprezado. Uma das nossas inconcebíveis idiotices é irrevogavelmente fazer pouco no que é nosso para copiar o estrangeiro. O maxixe vivia nos cavaquinhos e flautins dos bailaricos nas estalagens, ou nos violões pelas serestas perdidas. Mas os autores de revistas foram buscá-lo como a pimenta da sua obra e da insulsez dos atores, e, subitamente, o povo inteiro deste imenso Brasil sentiu-se picado pela tarântula do desejo, pela cantárida do ritmo perverso. As revistas eram nos três atos uma coleção de maxixes bisados, e de cada teatro saía a gente apenas com a cadência falada:

Ai que bom maxixe!

Nos lugares perdidos, as meretrizes, que são, desde a Grécia, universalistas sentiam não ser bem da terra, enquanto não o dançassem, e foi o maxixe durante vinte anos, nos bombos, nos pratos, nos metais das bandas, o autor de rabichos danados, de paixões d'álcool e de pólvora, amarrando mulher e homem na mesma quebra de curvas diabólicas, no mesmo fulgor dessa dança de ondulações metidas em zigue-zagues — em que ligados os ventres, ligados os lábios, os corpos caíam diabolicamente.

Mas não só aí. O seu poder não era apenas nos bailes maus e nos teatros, era ao ar livre. A população em geral triste, ouvia melancólica as bandas de música, seguia os dobrados. Mas, quando soava a hora do maxixe, como que um rasgão de alegria fendia o ar e todas as caras, todos os corpos diziam o prazer do maxixe.

O nosso maxixe! Estrangeiro algum poderia dançá-lo bem. Por mais estudos e tentativas, sempre as pernas eram perras, o corpo pouco maleável, o espírito da dança inadaptável. O espírito sim! O gesto é uma linguagem tremenda porque a envolve o Mistério. A palavra é trovão, o gesto é relâmpago. O homem não foi fundido é — um *repoussé des grands coups frappés du dedans*,[44] como dizia Carrière. O relevo é o gesto, o gesto que responde, o gesto que comunica, o gesto que exprime todo um estado d'alma e que, às vezes dissimula mais que a palavra. A palavra é o som e o ar vibrado, é a ideia por uma corrente sonora. O gesto é o movimento, exprime o homem, exprime o próprio homem... É tão difícil falar o guarani como dançar uma dança tupi, e mais fácil se torna aos missionários brancos conversar em zulu que espinotear uma dança do Congo. Por isso, o maxixe era o inacessível, era o nosso maxixe...

O prazer de ir aos bailes carnavalescos para ouvir a soberba e o orgulho com que os nacionais, nascidos Vijuiskys do remelexo diziam para o estrangeiro: — Quê! não é assim! Não vais lá das pernas!

O prazer de ver que eles não iam mesmo nem das pernas, nem do resto! E, em tal meio, surgiram verdadeiros virtuoses, extraordinários artistas, mulheres que tornaram o maxixe triturações de pimenta e fogo, homens que, sustentando o par, davam a impressão de criar um *fairy floss candy*[45] de vida, baixando e subindo, ligado e pastoso, feito de carne e de seio...

A sua qualidade de nacionalismo irredutível, talvez única entre nós, talvez a única em que o estrangeiro não meteu a mão para transformar, deu-lhe o infinito sabor do exotismo, a tentação violenta do exotismo. O maxixe deixou o sol, a roupa de brim alagada de suor e embarcou como todos nós num transatlântico. Foi para enrabichar Lisboa, tomar conta do Porto e alegrar os *snobs* e os forçados da pândega na Abbaye do Albert,[46] no Pré Catelan[47] e noutros concertos de verão de Paris.

Todo mundo — a Roma, a Inglaterra, o Japão, a América, o Egito ouviram o

Vem cá mulata
Não vou lá não!

Há três anos era na Europa crispante ver em cada orquestra esse pobre maxixe desacertado pelos italianos que fingiam de tziganos enfronhados em casacos vermelhos. E todos o tocavam, enquanto uma outra dança lhe tomava o nome e vencia:

C'est la chanson qu'esguiche!
C'est le maxixe![48]

E que fizemos nós, nesse angustioso momento, nós que aceitamos o *cake-walk*[49] mesmo nos salões, nós que quisemos o tango argentino imposto por Paris, nós que estamos agora com a mania das valsas vienenses? Que fizemos nós? Liquidamos o pobre peregrino! Matamos o maxixe!

É dolorosíssimo, mas verdadeiro. A princípio, o marechal Hermes, amigo do Kaiser, expulsou-o das bandas. Por quê? Naturalmente porque não condizia com o brio marcial tocar uma música nacional.

Depois as cantoras de café-concerto acharam que não podiam ser iguais às colegas se não cantassem exatamente em português o que as outras cantam em francês. Depois os teatros suprimiram também o maxixe.

Outro dia fui assistir a uma revista nacional. Vários números de música pretensiosos, pedaços de ópera, danças espanholas e o fado português, apenas. Fui a todos os outros teatros populares. Nem sombra de maxixe. Então recorri às casas de música, onde outrora havia um maxixe novo por semana. Os nossos compositores tinham abandonado o ritmo nacional neste país de melômanos que adora o sr. Puccini e não compreende Wagner, que delira com o insuportável sr. Mascagni[50] e acha Debussy incompreensível... O fundo de toda música é a alma popular. Os maestros modestos preferem fazer valsas. Os importantes não descem ao ritmo da raça para a inspiração. Não há mais ideia de maxixe.

Que fez o povo em tudo isso? Estará fatigado também de maxixe, como ficou do *cake-walk*? A crescente fraqueza de manter um caráter próprio foi até a dança preferida? O terrível pedantismo, o estrangeirismo ridículo que fez as senhoras do tom irem cantar mais famosos, os *refrains* da gordíssima Eugénie Bouffet[51] [*ilegível*] esta gente a desprezar também o maxixe? Que restará do caráter do Rio nesta onda de snobismo em que principalmente se notifica como que a anulação da inteligência entre sujeitos de luvas de lã com vinte graus acima de zero e as mil correntes de gostos estrangeiros? Já não temos capoeiras. Eles viraram apaches. Já não temos manifestações com retrato a óleo. Temos manifestações com fogo de artifício e bailes nas praças como em Paris. O único desejo do nacional é parecer estrangeiro, estrangeiro desde as listas dos hotéis até os prazeres estéticos, estrangeiro mal traduzido. Da nossa nacionalidade guardamos talvez unicamente a d. Leolinda Daltro[52] e o horrível, o atroz Pão de Açúcar. E o movimento é uniforme, o movimento é geral, dos particulares e dos governos, do povo, dos artistas e das autoridades. Já não tínhamos pintores e escultores senão através do estrangeiro. O próprio Parreiras das *Sertanejas* foi para Paris esbater a paisagem. Já não tínhamos uma cidade nossa porque o Rio cada vez mais parece uma cidade dos outros igual às outras. Já não tínhamos nada que acentuasse bem um caráter. Nem a modinha, nem a canção porque o único chefe existente desse gênero traduz para o violão Leconte de Lisle![53] Só restava o maxixe.

E o maxixe morreu! Apenas ainda nos clubes carnavalescos perduram bambamente os maxixes ouvidos há vinte anos. É o fim.

Será possível que o brasileiro não sinta os nervos vibrar, o corpo preso ao repuxão dessa música de urtiga, em que há paixão e brutalidade, choros de fera e zumbidos de inseto, música que nos pincha numa alegria estonteante e põe em cada palpitação uma adoração de latria, em cada suspiro um sacolejo de desejos, música veneno, remelexo de chocalhos, música langor em formatos de espasmos? É a sensualidade macia, contínua, envolvente, é a luxúria pegajosa e inacabável, é o quebro, o soluço, a súplica, o "meu bem" e o dengue nacionais, é o reflexo sonoro desse esmagamento da natureza; que deixamos de ouvir e de quem não mais sentiremos a influência. É o animador da vida, o acendedor dos desejos, o saracoteante insuflador da volúpia, em que a alegria e a melancolia como em nenhuma outra dança, se juntam, justaposição de risos e soluços, de interjeições opostas, de gargalhadas e ais! que subitamente desaparece sem uma saudade...

O maxixe! O maxixe irmão gêmeo do *cake-walk*, dança do ventre a dois, turbilhão macio e colante, frenesi d'apaches mulatos, o maxixe, única dança simbólica em que o homem e a mulher, como entre os insetos, o macho e a fêmea, adejam, descem, sobem, ascendem, fendem o ar, colados e sugados sempre de igual força, resistindo um ao outro, entregando-se e defendendo-se, iguais; o maxixe feito de assobios de flautim, de chocalhos, de raque-raques e de pratos, rouquejos, sons estrídulos e desmaios, o maxixe! Todos quantos tenham uma gota de patriotismo e de poesia, todos quantos veem na dança não só uma das mais belas artes mas a característica de cada povo, quantos amam o original, o pessoal, o exótico, devem sentir uma grande dor. Que seria a Espanha sem seguidilhas e castanholas? que seria a Argentina sem tangos, e Nápoles sem serenatas e Viena sem valsas? O nosso snobismo, entretanto, consegue essa autoamputação do seu ritmo: mata o maxixe!

O maxixe está morto. Ninguém mais o vê...

A não ser que sob a neve do snobismo, do pedantismo, da tolice, por enquanto apenas inverne, para surgir daqui a tempo, outra vez, besouro de prazer, cantárida de espírito, nos cafés, nos teatros, nas bandas e nas ruas, maxixe, ritmo da alegria nacional, derradeiro encanto brasileiro quase fruto exótico!

E queiram os Deuses, queira Terpsícore,[54] a musa antiga, que assim seja! Para que não se dê na história humana o esquisito caso de desaparecer a dança antes de morrer o país, de acabar o maxixe antes de terminar o Brasil, de se desnacionalizar uma terra a tal ponto, que até dela escorracem o reflexo sonoro, a atitude musical, a característica deliciosa de sua raça!

João do Rio
A Notícia, Rio de Janeiro, 6 ago. 1911.

E A DIVERSÃO CONTINUA: FESTAS E FESTIVIDADES

A sensação de quem tem a prisão da convenção social, que não pode ter um movimento sem que esse movimento não seja espiado e notado e acentuado e censurado por milhares de olhos, é a de alívio, é a de um "uff" colossal do carregador que atira a carga excessiva.

JOE, "DURANTE O CARNAVAL"

Afoxé

Eu conheço um feiticeiro chamado Benzinho. É um feiticeiro terrível. Seu avô, o ilustre Bamboché, já era celebrado entre os africanos como o prodígio dos *idams*.[55] Filho dessa dinastia tão bem relacionada com as potências ocultas, Benzinho embaça a humanidade com admirável descaro. É, entretanto, um ser original. Já o vi assar galinhas no ventre e receber tiros de revólver na boca, sem se perturbar. Sou de resto sensível à sua respeitosa ternura. O tremendo negro descobrindo certa vez que eu sofria de cefalalgias, trouxe-me, grátis, um pedaço do barrete de Cancafó, uma espécie de relíquia, porque, Cancafó, feiticeiro degolador de Lagos, quando punha o barrete ficava invisível. O velho e desbotado trapo naturalmente não me fez bem, mas ficou numa redoma, guardado, à espera da ocasião. Há sempre ocasião para fazer o bem. Benzinho, esse tem voltado. Não há meio de o convencer de que do sítio resultará uma horrível perseguição aos mágicos e aos nigromantes malandros deste antro de crendices. Domingo último, o carnaval barulhava na rua, estridulamente alegre, quando o preto me apareceu, suado e nervoso:

— Venho ver se V. S. arranja uma licença.

— Para quê, homem de Xangô?

— Para o Afoxé.

Saltei da poltrona, onde mergulhara a minha ociosidade.

— Que vem a ser Afoxé?

— Afoxé é o Carnaval africano, é a crítica de todos os santos e de todos os pais de santo. Venha V. S. daí à Rosa Branca.

— Onde é a Rosa Branca?

— É na rua dos Cajueiros, um cordão de truz. Os rapazes têm hoje o ensaio geral e depois um sarau e o samba na sala dos fundos.

Acedi ao desejo do formidável feiticeiro. Viera-me de repente uma grande curiosidade. Nos três dias de Carnaval eu sempre sem interesse nesses bárbaros cordões de negros suarentos esgoelando melopeias com a cara pintada e lagartos e cobras vivas no braço. A simples exterioridade, por mais bárbara que fosse, deixava-me indiferente. Bastava entretanto que o negro me tivesse indicado o mistério para que eu desejasse saber, devassar, conhecê-lo por completo. A humanidade foi sempre assim.

O homem teria voltado a andar de quatro pés se o mistério não o forçasse a olhar os céus.

Quando entramos na sala da Rosa Branca, havia uma grande animação. A dor da gente procedia ao ritual do ensaio geral, as mulheres de um lado, os homens de outro, e, ao som dos pandeiros, dos atabaques, o mestre-sala de calças à Santos Dumont bradava:

— Meia-lua! ao centro.

Logo com uns passos caídos, sacolejados os dois cordões cantavam:

Todo o mundo me dizia
Rosa Branca não saía
Rosa Branca está na rua
Com prazer e alegria.

Reparei que todos aqueles passos eram impregnados de uma convicção profunda. Entre os homens havia uma porção de cargos e pelas paredes pequenos avisos moralizadores, onde avultavam, em maus garranchos, as proibições. Durante o ensaio do cordão é proibido fumar, é proibido conversar com as damas, é proibido beber. Para que um mulato carioca deixe de fazer estas três coisas é preciso um grande respeito pela instituição. Há de resto, multas que variam entre dois e cinco mil-réis, multas quase sempre não pagas, e a certeza de que é possível, depois das dez, fumar, beber e conversar com as damas *à la gordaça*. Os ensaios levam duas horas apenas. Depois quem quer *sambar* vai para os fundos e quem gosta de bailes fica polcando na frente. O samba, com o batuque, tem a sua origem na dança dos sertões da África Central — o *guidibô*.

Nessa dança dois negros ficam um diante do outro e gritam ao mesmo tempo arremetendo as cabeças:

— *Guidibô!*

Perdem-se na escuridão do *guidibô* os primeiros vagidos da cabeçada, a instituição nacional por excelência. O samba é, por consequência, antes uma aula de capoeiragem que um divertimento. No começo tira-se a chula, depois a fúria das caneladas, das *bandas*, das rasteiras, dos *aús*[56] empolga por inteiro os negros e os mulatos. Alguns saem desse bárbaro exercício com as tíbias escorrendo sangue. O baile, o sarau como eles dizem, é muito mais suave. Dança-se devagar, ao som de um flautim e de um cavaquinho, e quer as damas quer os cavalheiros colam os lábios num beijo seco e prolongado. Essa maneira lúbrica enerva tanto os dançarinos da frente como inebria aos do fundo o sangue a escorrer das pernas dos sambeiros. O resultado é a orgia, a orgia feroz e sanguinária, ao lado da qual as bacantes de Eurípides são rondas de luxúria decadente.

Na sala dos fundos, vi consertando o violão o capoeira Theodoro Geme-Só. O capoeira tinha uma argola na orelha.

— Para que usa o Theodoro brincos?

— Quem tem aquela argola, é mais valente do que os outros.

Entretanto, o ensaio tocava o seu auge. O mestre de canto, o Francisco, um pardo muito magro, tirava a cantiga:

No Largo de S. Francisco
Quando a corneta tocou
Era o triunfo Rosa Branca
Pela rua do Ouvidô...

E o coro todo, em voz rouca:

Era o triunfo Rosa Branca
Pela rua do Ouvidô.

Os cordões possuem uma porção de cargos. O Rosa Branca tem dois fiscais encarregados de dar água aos que sentem a goela seca, dois mestres-salas que representam um papel muito mais difícil que os marcadores de quadrilha nos bailaricos burgueses, um mestre de canto, alguns porta-machados, meninos encarregados de abrir caminho para o cordão, um *achi-nagú*, ou homem de frente, vestido ricamente de veludo, sedas e lantejoulas. Quase sempre estes cargos importantes são ocupados por auxiliares de feitiçaria, os *ogans*[57] João Ratão, Germano, Mancário e outros respeitáveis malandros.

— Você quer saber, Benzinho, isto parece muito com rancho de reis.

— Tem V. S. razão. O Carnaval africano, como se faz em Lagos, não é isso. A gente daqui faz tal qual o que se realiza na Bahia a 6 de janeiro. O pessoal para fundar um clube arranja uma sessão em que se faz o rateio para o estandarte. A licença é sempre pedida para uma sociedade dançante e como cada cordão tem rivais, nunca se deixa de requisitar da polícia duas praças de cavalaria para acompanhar a passeata. Há cantigas que são mesmo cantigas de *rancho*. O Botão de Rosa tem uma assim:

Abre-te porta fechada
Postigo de par em par
Minha gente venha ver
Botão de Rosa aqui está.

Só as danças é que variam um pouco. As danças e as brigas. Os cordões são grupos ferozes. Quando o pessoal de um grupo vê o outro sair mais bonito, veste-se de farrapos e arranja a crítica.

A crítica é quase sempre um estandarte sujo com tripas, cisco, legumes murchos e dizeres irônicos. Rosa Branca, quando inimigo do Botão de Rosa — quase a guerra das Duas Rosas! — arranjou, segunda-feira de Carnaval, um cordão de esfarrapados com um grande estandarte de estopa coberto de notas verdadeiras, emprestadas pelo capitão Barros, ex-empregado da Intendência. O estandarte tinha os seguintes dizeres: — Bem de conta e mal com o alfaiate! Ao chegar à sede do Botão, arriaram os mulambos à porta e foram-se. Disso resultou um conflito medonho.

— Hoje não há tanto luxo como antigamente, continuava o meu informante. Houve tempo em que se mandava buscar bichos alegóricos na Bahia, porque aqui não se faz pássaros, peixes e vasos de folha como em S. Salvador. Mesmo alguns grupos rivais desapareceram. V. S. havia de ter ouvido falar nos *Cucumbys*? Pois os *Cucumbys* acabaram, e o chefe, o Juca Gordo, entra agora nos outros cordões.

Esse chefe que vai enfeitar o reino dos outros convulsionou-me a alma.

— Ainda há luxo, há velhos vestidos ricamente. Benzinho!

— Há alguns, o Chininha, o Antônio, o Avelino, o Felismino lustrador. Houve tempo que o Antônio da Providência, morador aqui da rua América, fazia roupas de Xangô e de velho por 800$ e 1000$, garantidas por cinco anos. E mesmo eles estão virando burros. O Botão de Rosa mandou fazer um bicho para o centro do cordão. Sabe o que era? Um pavão com um cupido em cima. É lá possível que um cupido monte num pavão?

— Absolutamente.

Os meus olhos deram no estandarte, o vexilo da Rosa Branca. Os porta-machados faziam no ar gestos de quem decepa galhos, o cordão todo sambava diante do símbolo e o símbolo era apenas, no fundo encarnado e azul do estandarte, um negro olhando um elefante à sombra de uma palmeira.

A arte nos cordões rivaliza: a cantiga era outra:

Rosa Branca quem te cortou
Foi um pobre jardineiro...

Consultei o relógio. Eram nove e quarenta. De vez em quando trilava o apito do mestre-sala indicando exercícios diferentes ou curtas pausas.

— E o Afoxé?

— O Afoxé daqui foi fundado na Pedra do Sal 16, pelo Romão, o João Gancio e Satú. Afoxé é o dia em que se debocha a religião. Vai na frente o *oba emim oiô*, rei da terra de *oiô*.[58]

O clube que não apresenta o rei não tem importância. Os pais de santo não têm importância. Os pais de santo saem com o abadá e o agadanchim, os alufás e os babalaôs com as suas vestes e os seus pertences, uns trazendo peles de carneiro e lagartos secos, outros com o opelê na mão. Em Lagos há préstitos enormes, na Bahia o Congresso Africano, os Pândegos da África, a Embaixada Africana. Os brancos, que querem ser sócios saem no préstito com a cara pintada de preto. Quando sai um afoxé rufando os tambores sagrados, a gente pode nas cantigas debochar a outros feiticeiros, o feitiço e os santos. Não acontece nada. V. S. pode ter a certeza.

Eu ficara pensando, no meio da orgia que começava. Donde vem o Carnaval? Os dicionários e os eruditos que leram e pensaram as palavras de meia dúzia de dicionários, dão várias origens a esse adeus delirante da carne, ao paroxismo louco da multidão solta durante horas de todas as peias de uma vã moralidade; mas acabam sempre concordando numa única e definitiva fonte — a religião, porque tudo se resume e todos os homens talham as suas diversões e os seus apetites no medo dos deuses e na vontade de abandoná-los. Quem dirá, vendo na terça-feira gorda, uma ronda feroz de negros suados, esfregando os tamborins e os xequerés, vestidos de belbutinas sujas, trazendo nos braços cobras enroscadas, lagartos e jabutis, que essa ronda fétida, nascida na África é a irmã gêmea das festas de Dioniso e do Carnaval das aldeias medievas?

Voltei-me para o feiticeiro, fiz-lhe uma última pergunta.

— Mas vocês não usam máscaras no Afoxé?

— Na África não há máscaras. A gente pinta a cara de ouro e de azul, principalmente de azul que é a cor dos santos importantes!

Deus misericordioso! Como estudando o atrasado cérebro africano admira a gente a escassa inventiva humana! No Afoxé os negros pintam a cara de azul que é a cor dos terríveis *Beije*.

Muito antes deles, o Zeus dos gregos, o deus Bés dos egípcios e o Indra do *Rigveda*[59] tinham o queixo e a barba azuis...

João do Rio

Gazeta de Notícias, Rio de Janeiro, 2 mar. 1905.

Natal

Domingo

Por este mês do Natal, Nossa Senhora ressurge em muitos lares... — A noite cai suavemente. Foi todo o dia de um imenso calor. Nas árvores as cigarras estridulam a voz que os helenos amavam. O céu lembra uma ágata com arabescos de ouro e de cinábrio. Tudo respira fartura, e ainda não morreu de todo a luz do sol na opulência do acaso; já a lua redonda abre no nascente a sua corola de sonho.

No salão tão aristocraticamente cuidado a dona desse lar é a própria alegria. Chegaram os filhos do colégio distante: há um transbordamento de ternura, dessa ternura feita de saudades. O mais velho conversa muito grave e muito sério:

— Que novidades há pelos teatros?

— Já queres saber isso?

— Eu sabia no colégio. Os padres proíbem a entrada dos jornais, mas os criados compram a troco de uma comissão, e a gente lê sempre.

— Estes meninos!...

Para o coração daquela senhora a ação do filho comprando jornais deve ser de uma força enorme. Como no seu semblante calmo e belo irradia o contentamento! que horas boas e delicadas desfia o dia para o gozo daquele coração!

Um momento ela senta-se numa *rocking-chair*,[60] junto à janela. O filho mais velho toma-lhe a mão:

— Há quanto tempo, minha mãe...

As visitas sorriem; ele cora um pouco, fica brincando com a mão tão fina e tão branca que parece talhada no cálix de um lírio. Mas o outro é menor, mais terno talvez, e está "com ciúmes". Senta-se de outro lado, aconchega-se, pousa a cabecita ao colo materno.

— Mamãe, beija-me... Na boca, mamãe... outro, nos olhos. Mamãe, eu fecho os olhos. Nos olhos, que é tão bom! Não queres? Nestes olhinhos que choravam por tua causa...

Ela beija, sorrindo, e o pequeno, transportado, efusivo:

— Gosto muito mais de ti que de papai.

— Meu filho, que é isso!

— Então eu...? brada jovial o dono da casa.

— Não é isso; não é isso... Eu quero dizer que gosto tanto de ti; que até gosto mais que o papai...

Sobre o oceano, defronte, o luar estende o *zaimph*[61] da luz. A noite desceu de todo. A avenida Beira-Mar alastra-se de luzes silenciosamente. Há naquele recanto o máximo de satisfação.

Nós saímos pela praia, emocionados, recordando coisas e épocas que se transmontam.

Choses peuplant le soir de leur âme embrumée
Ressouvenirs furtifs odorant de bonheur...[62]

Oh! o verão! o mês do Natal, este ardente e esplendoroso dezembro! Para quem não é ele bom? Em quantos lares não haveis de ver reproduzida e modernizada a cena de Veronese! Nossa Senhora de hoje, a mulher que é mãe na efusão suave de tornar a ver os seus filhos? Talvez os vossos olhos cheguem a ver, toucando-lhe os cabelos, a auréola de luz, luz de ternura, luz de bondade, luz desse grande amor sem egoísmo, que é o puro amor das mães...

Terça

Em véspera de Natal diverte-se a gente mas não dorme nunca... — Aquele jantar da Caravana, organizado por Henrique Chaves não foi propriamente um jantar, foi um festim das tradições. Nós jantamos violentamente, como se consoa em Portugal e se consoava aqui. Rabelais, o pai de Gargântua e de Pantagruel deve ter sido convidado e ficou por engano na cozinha do Globo. Comeu-se, comeu-se... Pratos que os estômagos delicados julgam fulminantes eram entretanto digeridos muito bem, com algazarra, riso e brindes. A *Caravana* não saiu dos jantares, mas deu-nos um ressurgimento culinário curioso e agradável. A véspera do Natal, porém, é para todas as camadas sociais a noite em que se come muito, em que se brinca muito, em que se ouve a missa do galo carnavalescamente. Dormir nessa véspera é um atentado. Na noite em que "o ouro que é a força, o incenso que é a adoração, a mirra que é a penitência foram oferecidos a Jesus Cristo pela vontade expressa de Deus, manifestada por uma estrela e testemunhada pelos reis" nós devemos estar a pé.

Um amigo mundano convida-me para um baile familiar. Deus! Um baile familiar... Um outro assegura-me que não há como um passeio à Igrejinha, de automóvel. Uma senhora aconselha-me visitar as igrejas. Há episódios tão interessantes...

Afinal, eu faço a noite, como a fazia nos bons tempos da saúde, quando todos os meus amigos ainda não eram nem bacharéis nem diplomatas — porque, por uma fatalidade da sorte, todos os meninos do meu tempo são colegas do dr. Gastão da Cunha ou pelo menos pretendem fazer concorrência ao passado do brilhante orador da Câmara.

Daí o *réveillon* clássico, num *restaurant* da moda, de casaca e bom humor.

Quanta gente não prefere o *réveillon* assim às rabanadas e às castanhas do lar burguês?

O *restaurant* da moda em que nós estamos é lamentável de deselegância, mas passam por ele todas as atrizes e todas as pequenas dos *music-halls* (as que por contrato não têm a obrigação de cear na pensão onde moram); todos os deputados à espera de vapor, todos os jornalistas e os rapazes que se divertem e são realmente, às vezes, tão impertinentes.

Que se conversa nesse *restaurant*? Loucuras, tolices, frases vagas, frases de festa. O champanhe acende nas taças a sua cor de âmbar claro e o seu brilho de brilhante Brasil. Há brindes e pratos e taças que se partem. Um *brouhaha* constante parece abalar o teto do estabelecimento. Não sei se a alegria vive aí, mas vivem o barulho, a algazarra e a estridência natural de todas as festas em que os homens resolvem divertir-se em comum. Lembro-me apenas que se fala na minha mesa da Suzanne Castera.[63]

— A Suzanne acaba de ter a sua consagração literária: a Carmem Dolores no seu magnífico romance da Imprensa lembra-a nos tempos áureos da mocidade, vestida de branco no Lírico.

— Não é uma consagração, é um elogio fúnebre. A Suzanne morreu a bordo. Foi até atirada ao mar.

— Qual! história! O Alfredo Pinto[64] mandou-lhe dizer que se raspasse porque a mandaria processar pelo que nós sabemos. Ela partiu e lá está em Paris à espera de poder voltar, mas trabalhando sempre: é sócia correspondente da casa, dirigida agora por um industrial.

Há gargalhadas, há risos. Um rapaz assegura que numa sessão espírita lhe apareceu o fantasma da velha *cocotte* bradando: eu sou a Castera. Protestam. O rapaz encoleriza-se, ergue-se. Está vacilante e no seu peitilho há, além da pérola, uma gota de champanhe.

— Duvidam? tartamudeia ele. Pois eu juro por esta luz que nos está alumiando. Quero ficar cego se não for verdade.

Assim diverte-se a gente de bom gosto na véspera de Natal. Mas eu sinto um enorme cansaço.

Sábado

Quem vem da Europa traz novidades... — Botafogo-Bar. O pavilhão arde numa iluminação de sonho. Nos salões de baixo, todos brancos, decorados de branco, com cadeiras e mesas de laca branca, os garçons andam numa dobadoura. A multidão agita-se. As mesas estão cheias. Há *smokings*, há *fracks*, há fatos claros, há até um sujeito de bonezinho de borracha e óculos de *chauffeur* entre as *toilettes* deliciosas das senhoras — das senhoras perturbadoramente belas. O Rio que se diverte, o Rio está *au grand complet*[65] nas duas salas vastas. Vejo o grande poeta a cumprimentar a esposa de um dos senadores mais escandalosamente reconhecidos, vejo artistas, frequentadores das *premières*,[66] damas que também ornamentavam os chocolates do Clube dos Diários, deputados, diretores de jornal, bolsistas. O *flirt*[67] tece a sua trama sutil. E, a todo o instante, à porta do Bar, param automóveis, carruagens, carros de praça. As avenidas parecem inundadas de luz; em disparada, *fonfonando* desesperadamente somem-se em nuvens de poeira os autos, e pelos passeios marginais a mesma multidão, alegre e elegante, rumoreja.

Encontro no burburinho Jorge de Miranda.

— Sabes da grande novidade?

— Morreu o Afonso Pena?

— Chegou o Juca Praxedes!

Para a alta-roda, chegar da Europa é sempre uma nota de distinção. Se eles pudessem morariam todos lá. Juca Praxedes, porém, era mais alguma cousa — era um *globe-trotter*.[68] Há dois anos partira, mandando-nos de vez em quando cartões-postais de pontos inteiramente opostos, uma vez de Salonica, outra de Elsingford, outra de Benarés. Esses cartões foram fulminantes.

— Sabe V. que o Juca está em Salonica?

— Onde é isso, Deus de Misericórdia?

— Salonica, Salomon em búlgaro, a antiga Tessalônica... Fica por aí na Turquia...

Ao saber da nova, recuei dois passos e bradei, cheio de alegria:

— O Juca? Onde está ele?

— Agora, aqui no *Bar*. Vamos vê-lo.

Juca Praxedes estava espapaçado numa cadeira, tomando uma bebida extravagante. Uma roda de moços entusiasmados, entre os quais Raul da Gama, ouvia-o embevecido. Achei-o mais baixo, mais gordo e mais forte. Olhava os outros com o desprezo de um carniceiro milionário e falava de facas. Comprara facas na Turquia, na China, na Índia, nos *souks*[69] da Argélia, no Japão, entre os lapões da Escandinávia, na Espanha, em pleno sertão de Moçambique. A sua conversa era um faqueiro maravilhoso. Estive quase a lhe oferecer para a coleção um facalhão rio-grandense. Que perigoso quarto deve ter esse homenzinho!

A conversa, porém, fixou-se em Paris. O Raul da Gama está positivamente obsedado, agora que já marcou a sua partida; e Juca, com ar protetor, conta as suas amizades:

— Dou-te um cartão para o Josel, do *Rat-Mort*. É o *restaurant chic* depois do Maximins. Muito meu amigo: não imaginas. É turco. Passei mais dois meses em Paris só por causa dele. Chegou a me oferecer dinheiro emprestado. Jogávamos a luta romana. Também me apresentou ao mulherio todo. Afinal passava lá os dias, meninos. Ensinei-lhe até a refrescar o estabelecimento, durante o verão, com blocos de gelo iluminados a eletricidade. Eu aprendi a cousa, aqui com o Prester, nas festas da legação portuguesa. Mas vocês não calculam! o nosso segundo secretário disse-me até um dia: "Esse Josel, Juca, esse Josel do *Rat-Mort* não lhe dou muita trela porque tenho medo de ficar seu amigo, e eu, amigo, aperto-lhe a mão e convido-o a passear de automóvel no Bois."[70] Que pérola! Chegou a me oferecer dinheiro...

Neste momento rebentou perto de nós o Honório de la Garrique.

— Automóvel? Então, já vens com as prosas? Entendes muito disso! Pois cá tenho um cento e vinte quilômetros supimpa. Vem ver.

Juca Praxedes traçou a perna com desprezo, e acendeu um charuto.

— Afinal não nos contivemos. Levamos um dia o Josel ao Olympia. E ele, convencido da honra que lhe dávamos: "Eu sou Josel, os senhores ficam na frente". Homem, filhos, é um amigo...

Depois como todos nós ficássemos fulminados com o muçulmano do *Rat-Mort*, Juca condescendeu em ir ver os cento e vinte quilômetros do Honório.

Voltei muito satisfeito. Ah! esses brasileiros! que assimilação. É chegar a Paris e dirigir ao *Rat-Mort* com todos os seus turcos e as suas turcas...

Por isso, os senhores da propaganda foram logo para o *boulevard* e a esta hora já devem estar dirigindo pelo menos todos os *restaurants*, em voga da *Ville Lumière*.[71]

Joe

Gazeta de Notícias, Rio de Janeiro, 29 dez. 1907. Cinematógrafo.

Durante o Carnaval

Sábado

Já estamos em Carnaval. É impossível refletir, pensar, dizer coisas graves ou coisas más — que às vezes dão mais trabalho que as coisas graves. O Carnaval é perturbador. Eu amo absurdamente o Carnaval, não o Carnaval elegante com fatos de seda e complicações de bailes ultraperfeitos, mas o Carnaval delirante, despedaçante dos cordões suarentos, dos batuques, dos tambores, o Carnaval da rua e dos bailes públicos o Carnaval em que a Multidão urra, sem máscara, roja e se estorce, suando e bebendo, na ânsia de todas as luxúrias, de todos os excessos.

Certo não há no mundo festa igual a este Carnaval do Rio em que a gente pode cometer todas as loucuras e rir e folgar e ser alegre. Ser alegre! Oh! a divina coisa, a coisa impossível! Todos os povos são hoje mais ou menos tristes. Paul Adam escreveu mesmo uma crônica assegurando que "*le rire est hideux*"[72] mais uma vez. Se o mundo entristece, nós somos um povo com cara de missa de sétimo dia, nós somos o povo mais triste do universo. Só o Carnaval consegue alegrar-nos, mas é uma alegria convulsiva, um estouro de jucundidade, uma explosão de desejos contidos durante trezentos e sessenta e dois dias. Todo o Rio de Janeiro está já hoje outro: movendo-se, gritando, berrando, sendo alegre. O mês, a cidade passou-o triste porque tinha a preocupação das economias, das roupas de fantasia. De hoje até quarta-feira de manhã não há mais nenhuma preocupação: nós não pensamos, rimos!

A sensação de quem tem a prisão da convenção social, que não pode ter um movimento sem que esse movimento não seja espiado e notado e acentuado e censurado por milhares de olhos, é a de alívio, é a de um "uff" colossal do carregador que atira a carga excessiva. Está claro que ninguém precisa ser *quaker* para discernir no Carnaval a orgia babélica. Mas os glutões do prazer são em geral os privados d'ele e só os esfomeados atiram-se com ânsia ao prato farto. Eu, como toda a gente, sinto o desejo do nivelamento e da harmonia, começo por conhecer, falar, e brincar com todas as pessoas que passam, e já amanhã, é absolutamente impossível dizer o que farei — porque eu adoro o Carnaval, adoro todos os excessos do Carnaval e toda a minha tristeza se esvai ao rufo de um zé-pereira e ao barulho ensurdecedor dos bombos. Carnaval! Arrastemo-nos na corrida báquica dos cordões!

Joe

Gazeta de Notícias, Rio de Janeiro, 1.º mar. 1908. Cinematógrafo.

O fim do Carnaval

Quarta

Acabou. Está acabado. Só para o ano. Todos nós o sentimos por este imenso cansaço e esta imensa fadiga. E também este imenso aborrecimento. O Carnaval é profundamente idiota — quando acaba. Não há quem, ao acordar na quarta-feira de cinzas, não pergunte à mente exausta: por que fui eu estragar dinheiro e saúde sem me divertir lá essas coisas? Porque quase sempre quando a gente pensa divertir assim, diverte de modo tão diferente, que até a diversão parece uma das muitas obrigações do destino. Tudo é obrigação. O Carnaval é uma obrigação física que nós podíamos remontar ao período da pedra polida ou mesmo da pedra lascada. É a grande sangria das turbas e com uma esplêndida qualidade: a de ser um prazer a data fixa para todo o mundo. Assim, quando acaba, para mim acaba também para todos, e hoje, podemos dizer que a cidade acorda da sagrada orgia.

Oh! sim, a cidade ergue-se da cama. Está aborrecida. As casas de negócio, as iluminações das montras, a calçada, os botequins, as pilecas dos carros de praça, o desconjunto lento dos *sapius* de rodas amarelas, tudo parece bocejar. É exatamente o verbo — Bocejar, mas com toda aquela complicação de esticamento de nervos de quem acorda totalmente esvaziado.

Na cama ainda, cada um rememora esses dias de loucura e de ociosidade agitada para toda a gente, menos para os botequineiros e para os heróis de todas as cousas vulgarmente chamadas jornalísticas. Foi bom? foi mau? A vida só é boa quando se ama, quando a nos preocupar a existência há o cheiro de uma mulher seja santa Teresa ou a primeira aparecida. A mulher é o complemento, e quando a vida passa abrigada de todas as preocupações que ela nos dá, é lamentavelmente uma vida má. No Carnaval mais ou menos toda a gente ama um pouco. O Carnaval nosso lembra bem aquela admirável procissão que se realizava em Byblos[73] pela época da primavera, e de que o grave Plutarco faz uma tão longa descrição... Havendo o desejo de ser alegre, havendo a perturbação das linhas femininas e a graça passiva das nucas, havendo o riso da luxúria e o riso das satisfações, quem passou triste o Carnaval? Ninguém. Absolutamente ninguém. No Carnaval cada um fez o que quis — fez tanto que hoje está sem ideias, sem dinheiro, sem forças, inteiramente exausto.

E eu lembro uma corrida desesperada de automóveis cheia de máscaras a ocultar atrizes e jornalistas, lembro a tortura de todas aquelas bruscas paradas e bruscas *démarrages*,[74] e a voz de uma, e a voz de outra, e a gravidade rio abaixo de um e a alacridade de outro, e sempre, sempre, desde o sábado o langor desta frase de um bombom perfumado da mocidade.

— *Sono stanca! Ah! Dio! Impossibile piú. Sono stanca...*[75]

E que, entretanto, graças aos deuses, foi assim até esta penitência lastimável que se chama quarta-feira de cinzas.

Mas para que divagações? Que fazes tu a rememorar? Levanta-te homem! O único símbolo incansável — o Trabalho, está aí à espera. Levanta-te e compreende que se o Prazer das multidões não tivesse data fixa, a crise do Trabalho, a confusão e o desarranjo social haviam de vir de repente, o mal de "cair na pândega" atacaria as classes e levaria tudo água abaixo. Levanta-te e perde o automóvel das diversões, para retomar o normal da labuta e da desilusão!

Joe

Gazeta de Notícias, Rio de Janeiro, 8 mar. 1908. Cinematógrafo.

Através da semana[76]

No tempo de Gregório de Tours, um frade qualquer, obcecado pela semana da Paixão, não se conteve que não pintasse Jesus crucificado e nu no madeiro infamante. Os primeiros cristãos não tinham representado a Paixão ainda por achá-la indigna demais. Para simbolizá-la representavam um peixe espetado por um tridente vagamente cruciforme. Só do sexto século em diante com o movimento naturalista das figuras do célebre manuscrito de Rábula, é que as crucificações figuram nos marfins, nas iluminuras da época carolíngia, nos baixos-relevos das catedrais. No século XIII ainda havia, assistindo a Paixão, o Sol, a Lua, a Igreja, e a Sinagoga, fantasticamente personificados. A ideia do sofrimento de Jesus, a nossa impressão visual da cena é uma longa cristalização da arte religiosa.

É de imaginar, pois, com as opiniões que da cruz faziam cristãos, o estado de nervos do pobre frade, após ter criado o corpo de Jesus numa tela sentida. Deitou-se nervoso, depois de muito orar; e mal fechara os olhos, em sonhos viu Jesus que caminhava.

— Pedro, que fizeste?...

— Meu Senhor! Meu Deus!

— Tem dó de mim, Pedro. Não mais me pintes na cruz, e assim despido, e assim como eu morri.

— Meu Senhor! Meu Deus!

— Pedro, ouve a minha queixa. Não continues a tua obra.

— Mas foi só amor, amor.

— Nem sempre o amor pensa bem.

O pobre frade caiu em soluços. Cristo, a face magoada, sumiu-se. Quando nem a luz que deixara existia mais, o primeiro pintor de Cristo correu a sua tela e desmanchou-a. Depois pensou. E tornou a pintar Jesus vestido...

A anedota, que até nós chegou e tão espalhada era em tempos passados, não impediu que outros teimassem em pintar Cristo na cruz e toda a tortura da Paixão. E também Cristo, prudentemente, nunca mais apareceu a ninguém, para pedir que não lhe imaginassem o retrato, de tal modo que no século VI, até hoje interpretado por diversas escolas, por diversas raças, moreno, loiro, magro ou divinamente bem, belo como uma aurora, amargurado como a dor, tantas são as suas imagens, que é de supô-las muito diversas do original, da figura esplendente que há mil novecentos e dez anos ensinava o prazer do sacrifício e a delícia da lágrima.

No céu, ao lado de Deus, o sonhador compreendeu logo a primeira vez que era inútil teimar com o animal homem. Se um frade seu admirador, apesar do incômodo e da honra de um pedido pessoal, teimava no erro, que fariam os outros? Cristo deixou que os pintores poluíssem uma ideia da sua imagem. E não apareceu nem mesmo depois da fotografia, para tirar um retrato, que fosse, sem retoque, a expressão da verdade.

Nesta semana da Paixão, andei a passear pelas ruas e discretamente a pensar no rabi da Galileia, tão puro, tão doce e tão passional.

A semana da Paixão foi uma prolongada festa, uma espécie de feriado com disposições a não acabar mais, uma segura preguiça lasciva. Se fosse possível resumir em caricaturas morais os traços sucessivos da cidade bastaria para dar o aspecto do *hebdoma*, traçar apenas sobre um bocejo o olho de concupiscência e luxúria da turba em festa abalada. Já ninguém tem a crença pura. Há apenas a abusão, o fetichismo, mas um fetichismo sem pavor, quase precaução contra os maus milagres. Eu vi a peregrinação às igrejas, os namorados, as namoradas, eu vi os bandos nas ruas, e apesar de já sem alma, fiquei admirado de encontrar como em qualquer outro dia, como nos domingos, nos lugares mais concorridos, as fúfias de calçada em exercício sem repulsa daqueles a que se atiravam.

Era o meu Rio, o Rio católico, o Rio da Semana Santa de há quinze anos?

Era — e eu o sentia — uma abjeção; porque se a massa inteira, se a imensa maioria perdeu a crença católica, até agora não a substitui por outra; não tem nenhuma, não pensa, nem bem nem mal, não sente senão como os animais de quatro pés. Nunca o horror desse vazio me pareceu tão grande. A semana da Dor era em toda a parte uma semana preparativa de Carnaval. E isso inconscientemente, em geral? Ficaram-me na retina cenas e atos. Se eu os relatasse! E ainda ontem vinha acompanhar um grupo que discutia peixes.

— Eu cá não posso ver tainha.

— Eu é cação. Mas, meus filhos, que vatapá de sustança o do almoço de hoje.

— De peixe?

— De garoupa.

— E não me convidaste!

Quando passou um evangelista. Esses fazem propaganda religiosa até a beira das igrejas. Com efeito. Ele distribuía um folheto e tinha o aspecto bem meu conhecido dos possuídos de um ideal.

— Leia.

— Oh sô bíblia, não quero.

— Leia sempre. Hoje é dia de se pensar n'Ele.

— Que me importa ele.

O evangelista já estava atracado a outro. Eu imaginei que Jesus de Nazaré fizera muito bem em não aparecer mais desde o tempo de Gregório de Tours. Sob certo ponto de vista, ele deu-nos a obrigação de amar, de amar o próximo, de Amar! Há pior mal? A humanidade morre de um exagero de gestos inúteis, de cóleras inúteis, de paixões inúteis. Amar a pátria para quê? Amar alguma coisa por quê? Amar um ente humano, um nosso semelhante com que fim? Simplesmente, inexoravelmente, o da dor. Todos os nossos bons sentimentos levam-nos ao sacrifício. É possível não amar senão um ente, um só, com o mais puro dos amores graves, crer essa felicidade sem fim, ser forte por isso, ter coragem por isso, e de repente vê-lo desaparecer, e continuar com um frangalho de alma, na mesma vida, na mesma ação, na mesma *selva escura*, sorrindo, agindo, andando. Se não se amasse? Seria infinitamente melhor...

O homem forte é duro como um diamante. O homem forte não mostra que sente. Afasta da alma a ternura, a amizade, a veneração, o amor, e em seguida despreza as grandes dores globais. Que importa que um vulcão, uma guerra ou uma inundação devastem países? Que importa gente a morrer de fome, de miséria, desgraças, cataclismos, calamidades, aquele homem esmagado ali pelo automóvel, esse menino morto, se eu estou vivo, são, bem cuidado? A vida simplifica-se extremamente e a inteligência torna-se clarividente. Existir é jogar uma partida de xadrez, com a ideia de engolir o maior número de pedras, certo de que antes de se chegar ao fim, a Morte virá buscar-nos para o mais fatal dos *five o'clocks* — o dos vermes...

Para que, pois, perder tempo com tolices? Para que ter bons, ter sentimentos, cometer o desatino de desenvolver essa monstruosidade cada vez mais rara que é ter bom coração?

As dedicações não são compreendidas, os esforços são pagos com ingratidões, o resto com o esquecimento.

E ele ensinou a ter Fé, a ter Esperança num mundo melhor, a ter Caridade, e a perdoar, a Amar... Foi um grande mal para os que nele acreditaram...

Hoje, a semana que comemora os seus dolorosos Passos, de visionário ingênuo, é apenas um feriado pândego. Para que ver esse resultado no mundo que ele sonhara regenerar? Antes ficar lá em cima, onde está, sem ter desilusões. Desilusão que talvez, quem sabe? Fosse dupla: a dele vendo a nossa porneia, a nossa vendo uma figura totalmente diversa daquela que temos como o verdadeiro...

E tudo é assim na terra.

João do Rio

A Notícia, Rio de Janeiro, 26 mar. 1910.

O fim das tradições

Nunca tivemos uma Semana Santa tão pouco Semana Santa como a que finda. A cidade tinha um aspecto característico, especial, único por esta época. Não digamos que virava Sevilha, mas era empolgante, com a concorrência às igrejas, as filas de gente de preto pelas ruas estreitas, aquele estranho movimento lutuento, enervado e enervante, crente e sensual, da multidão...

Desta vez, os que esperavam rever tão interessante aspecto do Rio enganaram-se. Em vão procurei quinta-feira gente de preto. Vi apenas dois moços elegantes. Sexta-feira o aspecto da cidade era de um domingo sem concorrência. Completamente desaparecido o "caso" da semana santa, mesmo nos jornais que lhe deram pouco espaço.

Diminuição de fé? Não. Os católicos e o Papa em primeiro lugar, afirmam que há no Brasil um verdadeiro ressurgimento da fé católica.

Então, por quê?

Um velho explicou-me ontem:

— Porque estamos todos malucos e não temos mais tempo para cuidar de tradições.

Talvez seja verdade. Não há mais uma só das grandes festas a que os nossos avós se entregavam ritualmente. Resta apenas o Carnaval. Mas esse mesmo, como é pândega e delírio, serve em qualquer dia. O governo ajudou o que era preciso pôr à prova: — que se tivéssemos um Carnaval todos os meses, haveria para cada um desses Carnavais a mesma animação.

Tivemos um em fevereiro. Era a época. Esteve famoso. O segundo que começa hoje vai ser de quarenta estalos.

É que o Carnaval exprime bem a época, uma época essencialmente carnavalesca, de *fandangaçu* na política, de remexido em tudo. Se o Brasil inteiro lembra um maxixe do Recreio, por que diabo não há de estar cheio um baile do mesmo Recreio?

E ainda acabaremos como em Veneza, com o Carnaval todo ano, indo as pessoas aos negócios de máscara no rosto.

Talvez assim os políticos tenham menos máscaras...

Paulo José

Gazeta de Notícias, Rio de Janeiro, 6 abr. 1912.

ENTRE VESTES E VESTIDOS

O homem tem direito de andar com uma roupa velha, mas nunca com uma roupa mal cortada!

JOÃO DO RIO[77]

A elegância masculina

Segunda

No Palácio dos Expositores, seção da Moda, um cavalheiro diz-me:

— É uma pena! No momento em que o Rio começa a vestir bem, só um alfaiate expõe!

E realmente só um. Verifico e pasmo.

De um certo tempo a esta parte o homem carioca resolveu preocupar-se com a própria elegância. O homem carioca era um animal que desprezava a elegância masculina e mesmo não a compreendia. Durante o longo reinado de um rei filósofo, apontaram-se três ou quatro ministros que tinham a pretensão de vestir com apuro, e a República, até antes da Avenida, era como o Império. Um cavalheiro bem-vestido passava por suspeito aos olhos do burguês respeitável, e havia pequenas particularidades de vestir: as polainas, a cor das gravatas, os coletes, — que perdiam para sempre um infeliz no conceito público.

A roupa, uma bota impecável, o talhe último do colete, longe estavam de ser a primeira necessidade. Antes dessa satisfação pessoal, o homem carioca tinha as despesas com o lar, as despesas com as pândegas, a preocupação com os costureiros e os joalheiros. Esta cidade era o lugar do exagero do luxo feminino e da indigência masculina, mesmo porque ao homem parecia preocupação de mulher cuidar um cavalheiro de ser *chic*. Assim, os homens de Estado, que às vezes enfiavam uma calça de brim branco, com botins e verniz e chapéu alto, paravam à porta do Raunier[78] e gritavam para dentro da casa do antigo árbitro das elegâncias:

— Faze uma sobrecasaca.

— E as medidas, sr. Conselheiro?

— Medidas? Eu sou lá mulher, para tomar medidas. Faze mais ou menos. Se estiver comprida, eu mando para aparar.

E se os conselheiros se talhavam por esse molde, bem se pode dizer, sem a culpa de caluniar o tempo ido, que o homem carioca, em geral de trajar quase indigente, criara, nos costumes comuns, verdadeiras fardas à paisana para cada profissão. Conhecia-se o médico pela sobrecasaca preta e o seu lúgubre ar de enterro; conhecia-se o amanuense pelo inalterável *frack*; conhecia-se o poeta pelas depravadas polainas, e nunca nenhuma cidade do mundo teve normalmente tanta gente vestida de preto, tirando para o russo, como esta capital. Pôr uma roupa nova era um acontecimento tão estranhável que os amigos menos íntimos, mesmo esses, os melhores, não deixavam de exclamar:

— Bravo! De roupa nova!

Este estado d'alma do homem carioca era uma desorientação e uma anormalidade na natureza. Em todas as espécies animais é o macho que se enfeita para agradar a companheira; em todas as aves as penas mais belas e a voz mais bela são do macho, e ainda há bem pouco tempo, os criadores de avestruzes na África viram-se perdidos, porque as avestruzes fêmeas recusavam a coice a companhia do sexo forte, por lhe faltar o ornamento das plumas. No próprio gênero humano, o selvagem começa por enfeitar-se, em desproveito da companheira, que ainda por cima carrega as trouxas. Depois do selvagem, houve um momento na história, em que não se sabia quem estava mais catita: se o Rei Sol, se uma das suas favoritas. Depois do Rei Sol, e até agora, o homem teve a preocupação de vestir — porque no vestir bem está, positivamente, encerrada a arte de saber viver.

Só o carioca, oscilando entre a sobrecasaca do sr. Anísio de Abreu,[79] do Piauí, e a sobrecasaca do sr. Teixeira Mendes,[80] do Maranhão, resistia ainda. A Avenida, porém, abriu-se, um jato de luz fez claridade no denso erro, e, de repente, subitamente, o homem carioca quis ser, da noite para o dia, o homem *chic*. Os homens atravessam atualmente a crise do dandismo, e querem ser aqui como em Londres, em Paris e em Lisboa, onde é possível encontrar muita gente bem-vestida sem vintém, mas nunca uma pessoa com algum dinheiro mal trajada.

O homem que não provava as roupas tem agora um guarda-roupa e indaga quando deve usar o *veston*, o *frack*, a sobrecasaca; o homem fatal da gravatinha preta de laço feito, tem uma coleção de gravatas, e adota cores, moldes, tonalidades, cortes diferentes e até contas impagáveis, como as senhoras. Para a *season*[81] já os casais não contam só com as *toilettes* da esposa, mas também com os gostos do marido, fatigado da velha casaca de confecção, e muita vez nas rodas graves, em vez de conversar de política, há senhores que discutem os decretos de Eduardo VII.

Por que então a falta de concorrência de alfaiates ao certâmen? Nós temos agora tantos! Há um, por exemplo, cuja falta se nota por demais. Esse é evidentemente o corte mais elegante, mais londrino, mais admirável da arte. Brandão, discípulo de Amieiro, que veste agora o *tout*-Paris elegante. Volto-me para o interlocutor.

— É verdade. Falta até o Brandão.

— Ah! esse! Todo homem *chic* que por aqui anda é um manequim animado das suas roupas...

Joe

Gazeta de Notícias, Rio de Janeiro, 6 set. 1908.

O capítulo dos chapéus no teatro

— E que tal a peça?

— Não foi possível vê-la. Contentei-me com ver duas peças de fitas em torno de um enorme chapéu de senhora...

É a pilhéria do dia e a pilhéria de toda a gente. Nada mais vulgar e mais fácil. Um dia um cavalheiro aborrecido ou um humorista à procura de assunto para o exagero de uma opinião engraçada resolveu acensar os chapéus das senhoras. Riram. No dia seguinte o pequeno cronista sem originalidade lembrou-se também de esconder a falta de invectiva por trás desse chapéu providencial. Uma semana depois os cavalheiros distintos, que antes não se lembravam de atacar o uso do chapéu, começaram de achar insuportáveis os chapéus das senhoras, e como em regra geral os cavalheiros distintos são de uma impertinência comovedora e de uma insolência quase permanente, as piadas contra os chapéus tomaram vulto e hoje todo o mundo tem essa especial doença extravagante, em que as mulheres, as inventoras das mais belas coisas da terra, se sentem quase agredidas, porque nos regalam a vista pousando nas suas lindas cabeças verdadeiras criações de arte, verdadeiras harmonias de coisas agradáveis ao olhar. A insolência dos homens, que fazem da falta de delicadeza um dandismo, como da galanteria faziam outrora os nossos avós uma elegância de alma — vai ao ponto de não respeitar mais ninguém. Que importa quem está na nossa frente, desde que ostenta um belo chapéu? Mostremo-lhes desde logo um focinho de dogue reumático, exclamemos finda a primeira cena, e se houver ocasião, desde o começo do ato torturemos a dama com piadas irritadas.

Ainda outro dia Alice Roosevelt, hoje Mistress Nicholas Longworth,[82] estava com o marido em um congresso de delegados republicanos, e um desses chapéus deliciosos que a América intitula de "chapéus de viúva alegre" irradiava na sua linda cabeça. Um cavalheiro achou que o chapéu estava lhe tomando a vista dos oradores. Entre a beleza de uma cabeça ornamentada e a gesticulação desengonçada de um politiqueiro, o americano não hesitou reclamando contra a primeira. Mrs. Longworth resistiu, outro sujeito descobriu logo que não via também, e em breve toda a reunião tinha a vista obstruída por um chapéu, até o marido, que começou por pedir e acabou dizendo alto:

— Alice, faze o favor, vai tirar esse chapéu.

Nós que pegamos todos os exageros com imitação estamos também agoniados com os chapéus das senhoras. É um assunto fácil, em que não é preciso muito espírito, facilmente traduzível. E além do mais de efeito seguro no ânimo de qualquer cidadão, seja o domingueiro espectador, seja o frequentador permanente e fatigado do externar tantas opiniões de pancada, durante a *season*. Estou mesmo a acreditar que com o ataque ao presidente e o ataque à polícia, o ataque aos chapéus forma a santa trindade dos ataques de imprensa sempre interessantes para o grosso público.

Mas por que atacar o chapéu no teatro, "esses enormes, esses sesquipedais chapéus de agora", conforme a visão estética dos jornalistas incontestáveis? Nada mais claro! Porque são imensos, porque tapam a vista, porque são incômodos e intoleráveis, porque na França já não se usa. Então, se os teatros de Buenos Aires criaram um vestiário para guardar chapéus — nós não combateremos, com fúria e entusiasmo, o uso do chapéu?

Perfeitamente. De acordo. Apenas, há dez anos, que digo eu? há cinco anos ninguém tinha dado por esse estorvamento à percepção dos dramas ou das revistas, e se é só por causa do tamanho do chapéu, uma senhora de estatura regular, tendo na cadeira em frente um homem do tamanho do sr. Custódio Coelho ou do d. Francisco de Sousa Coitinho, tem o direito de reclamar e exigir que se cortem pelo meio esses respeitáveis cavalheiros. Perfeitamente. De acordo. Apenas se nós nos arrogamos — nós os homens — de fazer as damas tirarem um lindo ornamento, somos obrigados a criar uma outra atitude nas cadeiras, sem inclinar a cabeça, sem movê-la, para que as senhoras não sejam obrigadas por trás de nós a fazer movimentos contrários para também apanhar de cena alguns trechos sem o impedimento das nossas cabeças, sem chapéu e às vezes sem cabelo, mas também — oh! quanto! incômodas e impertinentes. Perfeitamente. De acordo. Apenas para exigir das senhoras tamanho sacrifício, nós devíamos começar por exigir dos proprietários de teatros que mandassem preparar as plateias com a necessária inclinação...

Mas nós, os homens modernos, perdemos a gentileza por uma suposta e burguesa comodidade. E assim exigimos sem apelo e sem discussão. As senhoras, como Alice Longworth, acabam cedendo. Não cedessem elas sempre mais ou menos e o homem, com toda a sua ciência e a sua pretensão, já teria retrogradado ao pitecantropo soltando guinchos debaixo de uma árvore. E é precisamente isto que me aterroriza. Amanhã todas as senhoras resolvem deixar estes chapéus que são os mais lindos e os mais caros na história dos chapéus — obras fugazes de arte que lhes valorizam a beleza e lhes dão um ar irreal de fantasia e de encanto. Mas é preciso ornamentar as cabeças e lá vêm todas as marcas de postiços imagináveis desde o Perrin ao Samaritaine.[83] Dentro em pouco esses penteados tomam as proporções da época de Maria Antonieta e os homens decretam, com o auxílio dos jornalistas, que as senhoras só podem aparecer nos espetáculos de cabelo liso e trança caída, como as meninas em Sion.[84] As senhoras têm a ingenuidade de julgar que cedendo nos espetáculos da noite, podem arvorar os chapéus nas *matinées*, nos *garden-parties*, nas corridas, nas ruas. E de repente os homens resolvem que os chapéus nas arquibancadas são um empecilho para ver os cavalos correrem, nas áleas uma fealdade para o arvoredo e nas ruas um incômodo geral que os proíbe de ver as tabuletas dos *bonds*, os amigos na calçada oposta ou o zimbório da Candelária. E com o auxílio dos jornalistas e o riso satisfeito dos faceciosos fáceis, as senhoras passarão a usar um lenço ou uma pequena mantilha.

Sim! não há a menor dúvida. Um teólogo heresiarca, o professor Granville Hall descobriu na sua cadeira de filosofia da Universidade Clark que a mulher era inconstante porque tinha duas almas constantemente em contradição. Não há dúvida. E por ter duas almas é que quase sempre nos ouve e nos obedece, porque quando uma não quer logo a outra deseja. Em compensação o maior animal da natureza, o homem, só tem uma e tão dura e tão exigente que até parece não ter nenhuma. Quando lhe cedem um ponto, logo ele, incontentável e mau quer mais, quer sempre mais. As senhoras cedem a esse ataque subitâneo, à imitação vulgar de criança que exige uma tolice, as linhas cariocas deixam-se vencer no capítulo dos chapéus no teatro, e têm inteiramente perdida a facilidade de vestir como desejam. Amanhã, nesse futuro remoto em que for preciso incomodar ainda menos o próximo, uma senhora para escolher sua *toilette* mandará à modista o esposo e o esposo consultará os amigos.

— Vestido afogado ou decotado? Pluma no cabelo ou uma simples rosa?

E, ordenando os homens a fantasia da sua comodidade, desaparecerá da terra a Moda que é a graça e é a beleza.

Não! absolutamente, não! Por todos os deuses que povoam o azul dos céus! Deixarem os chapéus de aparecer nas plateias seria uma calamidade. Imaginem que se teria de ver todos os atos, todos os atores, todos os cenários, todas as peças do começo ao fim para trocar opiniões no intervalo! O desaparecimento do chapéu seria não só uma lacuna da beleza urbana, mas um grande vácuo nas conversações e nas algibeiras das modistas.

Não! cem vezes não! Há pertences do vestuário que dão bem a impressão dos que os usam. Uma mulher só é realmente elegante quando sabe colocar um chapéu, e nas plateias sem chapéu — se esse mal viesse a confirmar-se — nós teríamos a impressão de uma multidão de valsistas estarrecidos por um espetáculo horrendo...

João do Rio

Gazeta de Notícias, Rio de Janeiro, 21 jul. 1908.

Impertinências de um professor de *chic*

Ao saber que o Rio de Janeiro recebera um homem extremamente elegante, que pretendia dar aqui uma série de lições de *chic*, fiquei a princípio furioso. Pretensioso cavalheiro! Quem algum dia pôs em dúvida a nossa distinção sem comparações? Explorador! Então não bastavam os conferentes estrangeiros, as companhias dramáticas estrangeiras, os livros estrangeiros, a cópia integral das coisas estrangeiras, da moda estrangeira, dos costumes, dos pintores, dos músicos e dos ginastas estrangeiros? Precisaríamos também da pretensão de um cavalheiro com ares de nos vir ensinar como se veste uma casaca, e como se come um bife? Ensinar o *chic* ao Rio! Idiota!

Mas, depois da raiva, tomei uma limonada e desejei ouvir o professor de *chic*. Foi um movimento irresistível a que de resto não procurei resistir. Encaminhei-me para o hotel, fiz-me anunciar. O homem decerto leu o meu cartão, mas com grande surpresa mandou-me entrar para o detestável quarto que ocupava e surgiu de pijama.

— A que devo o prazer?

— Como os jornais anunciaram... balbuciei eu.

O professor não me deixou acabar.

— Sente-se.

Olhei para os lados.

— Ali, é verdade, não temos cadeiras. Vou tocar a campainha e ver se o criado arranja uma. Vá, porém, sentando-se aí na beira da cama.

— Hein?

— Está com cerimônia? Pois eu cá, deito-me...

Deitou-se, acendeu um cigarro, jogou o fósforo para o chão à falta de um cinzeiro, soprou para o ar quente a fumaça espessa. Eu estava atônito.

O homem elegante então perguntou:

— O que deseja?

— Propriamente não desejo nada. Vim apenas ver um homem elegante.

— À moda de que país?

— É boa! A elegância é uma e indivisível.

— Está o senhor muito enganado. A elegância é a moda, varia com o tempo. A elegância tem uma feição em cada país, varia com o lugar. Um inglês elegante é muito diverso de um espanhol distinto.

— Mas, as boas maneiras, o *maintien*[85] que, à falta de termo equivalente na nossa língua, o Coelho Netto[86] traduziu por esgrima nas aulas da Escola Dramática?

— O *maintien*?

— Sim, a esgrima...

— Este também varia. Eu, por exemplo, acabo de recebê-lo à brasileira,

— Como?

— Com lhaneza, a fidalguia de um grande senhor de terra. Estou há um mês cá, e já fui recebido assim por vários cavalheiros importantes.

— O senhor graceja.

— É o que lhe digo. E como sou essencialmente elegante, e a elegância está em saber adaptar-se a todos os meios, mesmo aos mais exóticos, aqui me vê neste quarto horrível, recebendo-o de pijama e escarrando no assoalho, para tomar a cor local.

Achei grosseiro o indivíduo, mas fiquei acanhado.

— Então não dá lições de *chic*?

— Vim realmente com tenções de fazer umas conferências.

— Ainda?

— Sim, ainda conferências... Mas mudei de ideia.

— Bravo!

— Muito obrigado. Mudei de ideia, porque achei inútil. E como o fim da minha viagem é fazer um volume de filosofia sobre elegância comparada, fiquei a tomar notas e a adaptar a elegância do Rio.

— O senhor ofende a minha terra!

— Não veja nas minhas palavras intenções que elas não possam ter. Sou filósofo experimental. Viajo, indago, analiso. Que pensa o cavalheiro de elegância, de *chic*, e de outras coisas fúteis, absolutamente importantes? Talvez não pense muita coisa. Perdeu o seu tempo, com certeza, estudando matérias graves e absolutamente desnecessárias. Eu não. Eu estudei o *chic*. O *chic*, como se diz agora, é um totemismo, isto é, uma religião, um princípio unicamente que sem ser físico se revela fisicamente. Ter o *chic* é ser animado do *totem*. Ora, se entre os selvagens, o *totem* é para cada tribo, — para os civilizados deve ser um para cada nação. O *chic* tem vários *tabous*...

— *Tabous, totemismo*... Mas o senhor, com estes termos de índios, de selvagens, pretende ridicularizar-me?

— Está inteiramente enganado. Depois dos últimos estudos etnográficos e linguísticos depois de Salomão Reinach, de Frazer,[87] é moda, com o poder comparativo e sintético do mundo contemporâneo, explicar tudo pelo fetichismo primitivo. Mostramos assim que não mudamos. É proibido por exemplo conservar ratos em casa. A isso chama-se um *tabou* profilático. É proibido adorar o Pinheiro Machado.[88] Isso denominam de *tabou* político. E assim por diante. A elegância também. É um *totem* com os seus *tabous*.

— O senhor pretende iludir-me.

— Sou professor de *chic*, cavalheiro.

— E não encontrou aqui o seu *tabou*?

— É claro que não. Os senhores têm a pretensão de serem elegantes?

— Homem, não sei... parece...

— Mas vejo pelas ruas homens com casacos tão compridos que mais parecem *chambres*,[89] as mangas abrindo em leque, e as calças fazendo o mesmo sobre os sapatos americanos de salto alto. Com este calor há alguns que saem de roupa clara, chapéu de palha e guarda-chuva preto. É raro o cavalheiro que resolvia o problema de colocar direito a gravata.

— Cavalheiro!

— Não se ofenda. Brummell[90] levava três horas a colocar a sua. Os senhores não têm tempo para tanto. Depois são espetaculosos. A elegância a que eu pertenço, é discreta. Vejo os homens armados de anéis de brilhante, com cadeias de relógio e medalhas cheias de brilhantes também, e alfinetes luminosos ainda por cima. Chamaria a isso mau gosto. É para mim. Para o carioca é o suprassumo do bom-tom.

— Realmente, abusamos das joias.

— Ainda não vi num restaurante um homem bem sentado à mesa. A maioria dos cidadãos cariocas tem o costume de sentar, prendendo os pés aos pés da cadeira, com medo talvez de que ela fuja. Descobri que é da pressa com que todos estão de acabar a comida para ir cuidar da vida. Ao demais, raros são os que colocam o guardanapo direito. Uns metem-no entre o pescoço e o colarinho, como o senador Cassiano do Nascimento.

— Conhece-o?

— Tenho-o visto a comer. Outros enfiam-no entre o colete e a camisa...

— E os outros?

— Não o usam.

— O cavalheiro exagera.

— A observação é uma exageração dos sentidos.

— Mas podemos fazê-los voltar à realidade.

— É inútil. Vejo que se irrita com a mesa. Acompanhe o brasileiro a andar. Toma um espaço desproporcional, abrindo os braços.

— Que tem o senhor com isso se a terra é dele.

— Perdão. Não censuro. Discuto apenas elegâncias. Para mim os senhores vestem mal, calçam mal, comem mal e conversam mal.

— Como conversam mal?

— Dois minutos depois de serem apresentados, tratam-se por tu, abraçam-se sem razão alguma, gritam em vez de falar. Não têm nenhum dos requisitos do bem-estar, do verdadeiro *maintien*...

— Da esgrima da Escola Dramática.

— Exatamente.

— E os senhores têm? E a multidão que se acotovela em Paris nos *boulevards* e em Piccadilly à noite, tem *maintien*? E aqueles sujeitos de botas por engraxar que trafegam por Paris, têm linha? E os palradores de porta de café em Roma, têm chique?

— O *chic* é um dom especial. Os selvagens acumulam de *tabous*...

— Lá torna o professor aos *tabous*!

— Se é a única maneira interessante de explicar a hipercivilização! Mas escute. Os selvagens acumulam de *tabous* os seus chefes. Quanto mais importantes, mais cheios de *tabous*, isto é, de proibições de coisas instrutivas. Os elegantes, os verdadeiros dândis estão nas mesmas condições. Por isso são raros. Há um para cada duzentos mil homens.

— Temos então aqui?

— Nenhum. O dândi, é preciso notar, é requinte de uma preocupação latente do povo constituído. Há dândis ingleses, porque em Londres os homens têm em geral a preocupação de vestir bem e ter uma atitude na vida. Há dândis de outras nacionalidades — porque esse ideal é no fundo existente na massa anônima. Os figurinos são os mesmos, mas pelas maneiras, e pelos gostos, a escolha de uma gravata, de um tecido, a predileção por uma joia, mostram a raça.

— Nós não temos isso?

— Os senhores são talvez muito crianças. Não há tempo para o requinte.

Neste momento chegava o criado enfim com a cadeira pedida. Vinha em mangas de camisa e falava à moda do Tuy. O professor de *chic* perguntou-me:

— Quererá você tomar uma limonada?

— Deixe disso, patrão, que vai demorar. Não há limões! interrompeu o criado.

O professor sorriu, e para mim:

— Da falta de elegância, ou antes da curiosa noção de elegância sua, dependem todas as faltas do serviço social em que o Rio é tão abundante.

— Tudo vem então do nosso particular *totem* da elegância?

— *Totem* com poucos *tabous*, *totem* primitivo!

— E quando pensa que poderemos ter uma elegância parecida com a sua, que aliás não conheço?

— Quando cada um dos senhores verificar que um gesto, uma roupa e um laço de gravata, são necessários à vida, tanto quanto qualquer fato grave.

— O senhor esquece de que andamos de luvas, de que os nossos alfaiates são os primeiros do mundo e de que nossa elegância foi admirada pela Sarah![91]

— Mas meu caro senhor já lhe expliquei que a elegância varia com o clima. Há elegantes para Londres como os há para Timbuktu!

Então diante de tanta teimosia, resolvi cortar. Disse:

— Viva, cavalheiro!

E saí batendo com os pés.

Sujeito desaforado! Em 1911 assegurar que o Brasil não é o país dos homens elegantes, quando todos nós nos julgamos coleções de d'Orsays[92] ambulantes! Mas apenas saí, dei de ver pelas ruas cavalheiros de *chambre*, com as mangas em leque e as calças também. E isso pareceu-me um ridículo, uma pernostiquice que necessitaria de vários *tabous* proibitivos em nome do *manitu* da elegância — de que todos nós somos pelo menos deputados estaduais...

João do Rio
A Notícia, Rio de Janeiro, 12 nov. 1911.

O projeto dos pés descalços

Discute-se novamente o projeto dos pés descalços. Pelo aspecto que as coisas vão tomando, a ideia do Tertuliano Coelho terá, talvez, a mesma oposição agressiva, com as frases românticas, tão de uso entre nós. Hão de lembrar os argumentos verdadeiramente ineptos erguidos contra o projeto.

— É um atentado à liberdade de cada um!

— O pobre anda como pode!

— Não humilhemos os desgraçados!

— Quem decreta luxo tem de pagá-lo...

E queijandas parvoíces, quando não eram grossos desaforos em estilo pletórico. Campanha assim estúpida nem contra a vacina obrigatória. Foi um movimento de irritação do povo, feito com uma inconsciência manifesta. Mas venceu, porque o projeto teve de ser afastado, enquanto as pessoas que usam andar pouco vestidas continuavam assim, não para sustentar a liberdade pessoal, mas apenas porque assim viveram sempre. Sim! Não há ninguém que ande em fralda pela rua para mostrar que é livre. Anda-se em fralda — quando os costumes e as leis permitem que se ande em fralda... Se dependesse das posses ou da vontade de cada um, durante o verão a grande moda seria o traje de Adão, na Avenida. E o Rio que protestaria contra a nudez integral dessa moda temporária, assiste ao espetáculo diário de todo bando de trabalhadores — carregadores, vendedores ambulantes, garotos, não só descalços, mas seminus.

Como acabar com isso?

O sr. Raboeira, intendente bem carioca, achou a solução ideal para o caso. Todos aqueles que dependerem de licença da Prefeitura pagarão multa se não estiverem calçados e de *paletot*. Não se pode argumentar com carestia e misérias; não haverá motivo para lirismo. De pancada, pelo menos sessenta por cento dos que andam por aí como quem salta da cama desaparecerão das ruas do Rio. Os outros irão aos poucos se transformando com o exemplo. E não haverá a violência direta de prender gente por andar descalça.

Estou inteiramente convencido de que a ideia do sr. Raboeira — a *trouvaille*[93] desse carioca genuíno — é uma solução de primeira ordem.

Teremos ainda oposição?

Joe

Gazeta de Notícias, Rio de Janeiro, 16 abr. 1914.

Ao ouvido da senhora exagero...

Eu só digo estas coisas — confidencialmente — à minha amiga, tão inteligente quão formosa. Mas a verdade é patente, o ridículo sumptuosamente salta aos olhos! Conhece a professora de inglês das filhas da Elisabeth? Pois essa professora, sábado de sol troca pelo domingo — só para ter o prazer de rir um pouco na Avenida com a impropriedade das *toilettes*. E de fato. A Carioca, a divina Carioca, ameaça perder o bom gosto — de novo, pela segunda vez!

Vejo que V. Ex. fecha os olhos. Perdão. Não há intenção menos gentil. Ao contrário. É possível que pareça aos poucos inteligentes, uma impertinência. V. Ex. vai, porém, dar-me razão. Há um princípio em *toilette* que ninguém pode ignorar: temos o traje de andar por casa, o de andar pela rua, e o de diversas solenidades. Assim como o homem não poderia sem grave escândalo sair de casaca e chapéu claque para namorar na Avenida às quatro da tarde, assim uma senhora que sai a tomar chá em grande *toilette* é absolutamente estranhável!

Ora, minha ilustre senhora, que vemos na Avenida e nos chás? A multiplicação do caso estranhável! Veja aquela dama de vestido azul-claro, de crepe da China, sapatos de cetim azul e cheia de brilhantes. Vai para um baile? Não. Está a passear de dia! Veja os tecidos que passam: gazes, tules, sedas lustrosas. Veja as cores, Nossa Senhora, veja as cores e os cortes desses vestidos com decote e sem mangas porque seria violência chamar de manga a transparência de um véu solto. As cariocas vestidas assim, quase todas — são únicas em todas as capitais do mundo! V. Ex. dirá que cada terra com o seu uso e que por isso mesmo a rua do Ouvidor outrora e atualmente a Avenida são as únicas ruas do mundo denominadas de salão. Apenas, excelentíssima senhora e amiga se o salão ao ar livre é verdade graças a essa extravagância de *toilettes* de baile durante o dia — as ditas *toilettes* não são um uso, são um exagero.

Tendo com a República liquidado os usos da Monarquia, durante a República não nos sobra o tempo senão para variar as adaptações e para exagerar. E o mal tão grande que até as senhoras recaem nessa atitude de exibição, no vício de dar na vista, no apetite de ser carro alegórico. Sim, carro alegórico — porque não é possível que uma senhora vestida de crepe da China azul, com guarnições reluzentes, um chapéu em forma de tiara dupla e uma saia deixando ver meia de seda azul não chame tanto ou mais as atenções que qualquer carro dos nossos prestigiosos clubes carnavalescos. Em Paris essa senhora seria vaiada.

E a propósito: seria V. Ex. capaz de dar cinquenta passos na rua da Paz, às quatro horas da tarde vestida de azul ou cor-de-rosa? E por que as suas amigas o fazem aqui, sem ouvir os seus conselhos?

Dois anos antes de começar o século presente — (com certeza V. Ex. talvez ainda não tivesse nascido) — a rua do Ouvidor era assim o luxo espalhafatoso das senhoras, mas um luxo bárbaro e ingênuo de quem não sabe ainda e erra com vontade de acertar. Um português que cá esteve e usava luvas e uma barba impressionante, o sr. Joaquim Leitão deu-nos dessa rua descrições carregadas e sensuais que pareciam romance histórico da corte Nínive.[94] E o sr. João Chagas, outro português nascido em Niterói com alma parisiense, perdido no *bond* que conduzia para a exibição sagrada contos de reis em vestidos de dezenas de contos em joias, ficou assustadíssimo.

A Réjane,[95] porém, a nossa grande amiga madame Réjane, nesse tempo soberana da Moda, cheia de simpatia pelos brasileiros, resolveu intervir. A noite mostrava *toilettes* sensacionais. Durante o dia, de *tailleur*, espantava-se da impropriedade das grandes *toilettes* na rua. Muita vez parou.

— Linda senhora! Elegantíssima. Mas porque não guardou o vestido para ir ao teatro?

Aceitando os conselhos de Réjane e as lições das viagens, a Carioca abandonou o exagero que lhe vai tão mal. E houve anos em que pudemos assegurar a civilização do trajar, na América como em Buenos Aires e Montevidéu, e cinco dias mais afastados da Europa — do que nós. Por quê, insensivelmente voltarmos ao erro? Por que esse atroz mau gosto sumptuário? Por que não usar conforme a estação os *tailleurs* de pano ou de brim, os vestidos afogados e simples — os brancos no verão, os escuros no inverno? Para que esse atentado ao próprio bom gosto de andar pela rua de vestido de seda clara, a pé, com um andador dos que se usam só com as luzes de um teatro ou de um baile? Será porque há dois anos não vamos à Europa? Será que de leve memória já tenhamos esquecido a lição voltando ao instinto, ao exagero?

V. Ex. não imagina como me entristeço — eu que só tenho esse ponto de parecença com os grandes homens como Balzac, Shakespeare, Barbey d'Aurevilly[96] e Wilde: um grande interesse pela indumentária e pela elegância.

Enfim, minha senhora, tenha um bom gesto. Fale às suas irmãs e às suas amigas. Veja se voltamos à sobriedade dos vestidos na rua. Veja...

Que é isso? V. Ex. olha-me assim? Ah! Perdão. Querendo falar-lhe ao ouvido para copiar o gesto de Júlio Dantas[97] num livro inteiro, não vi que V. Ex. está com um maravilhoso vestido de tafetá branco com florzinhas de seda rosa, mangas de gaze negra, meias até quase o joelho de seda negra tão transparente como a gaze, todas as suas pérolas...

Mme. Exagero! Por quem é, perdão! Eu só queria falar das outras. V. Ex. é sempre deliciosa e bem. É verdade que são quatro da tarde. Mas pela marcação moderna são dezesseis horas e não há ninguém que não acredite essa hora noturna quando seja para V. Ex., tanto mais quanto, noite ou dia, ao vê-la, ninguém mais vê senão a luz da sua beleza...

José Antonio José

A Revista da Semana, Rio de Janeiro, 27 maio 1916.

Penteados

Num dos intervalos do Lírico, na frisa da sra. Renata Gomes, vendo a beleza das senhoras, houve um momento em que me convenci de uma coisa atroz: o martírio da moda. E convenci-me, analisando apenas os penteados e sonhando de como se tornariam muito mais expressivas aquelas cabeças, se em vez de seguir militarmente a moda do penteado, cada qual arranjasse os cabelos conforme o seu temperamento e de acordo com o seu físico.

Oscar Wilde dizia:

— A moda é uma forma de fealdade tão intolerável que temos de a alterar cada semestre.

Alteramo-la, é verdade, mas a moda repete-se porque o número de formas é restrito. Todos os penteados contemporâneos, por exemplo, eram conhecidos e usados na Grécia e em Roma. Lá a preocupação da moda era tão grande que as famílias mandavam fazer os bustos das senhoras mortas com uma cabeleira de desatarraxar. Quando vinha, por exemplo, a moda dos cabelos para cima, tiravam a cabeleira de mármore e colocavam outra da mesma pedra mas segundo a moda.

E é essa doença de nivelamento democrático da elegância que, embora eterna, me confunde e enerva.

Por que senhoras inteligentes não sentiram ainda de como o penteado é uma acentuação da personalidade? Por que meninas frágeis armam na cabeça um imenso caracol de cabelos verdadeiros recheados de falsos cabelos?

É possível imaginar que o mesmo penteado vá bem à sra. x. que é loira e franzina, e à sra. b. que é forte e morena, e à sra. z. que tem um perfil angélico e à sra. a. que parece Proserpina[98] depois do inverno?

Absolutamente não! Mas é possível convencer uma senhora que seria muito mais ela mesma se usasse os cabelos sempre da mesma forma, isto é, de modo a ser o complemento da sua fisionomia.

Exatamente, ao sair da frisa da sra. Renata Gomes, encontrei uma senhora que fica muito bem com os cabelos em aparente desordem presos por um grampo na nuca, e que parecia naquela noite passear o penteado da moda como uma pequena sorveteira.

— Estou linda?

— Formosa até os olhos.

— Só?

— Porque se olhar o seu penteado não terei a mesma imagem que me habituei a ter de V. Ex.

— É a moda.

— E acha possível que uma personalidade mude de penteado como quem muda de vestido? Imagine se Sarah, a Duse[99] mudasse de penteado conforme a moda?

— Mas eu não sou artista!

— É uma senhora de sociedade — o que é tão sério para o aspecto estético como afirmativo — porque é uma pessoa para quem se olha sempre com admiração, com respeito, com atenção. Só aquelas para quem não se olha, podem usar penteados da moda.

E dois dias depois tive o prazer de ver que a ilustre senhora revogando o penteado do dia, voltara a ser linda até o último fio de cabelo...

Infelizmente eu não poderia repetir a todas as frases que denotariam impertinência quando não eram e não são senão carinhoso dó pelo martírio que a moda lhes inflige. Tanto mais quanto a muitas o penteado atual vai admiravelmente — esse penteado que já se usava no tempo de Péricles, no tempo dos Césares e que é agora penteado da moda.

Um grande poeta romano cheio de amor pelas mulheres, Ovídio, contemporâneo de Augusto, após notar a variedade dos penteados, mais abundantes que as feras dos Alpes (naquele tempo havia muitas feras nos Alpes) e que as abelhas no Hymetto[100] (hoje não há mais abelhas nesse lugar) estabeleceu em verso o princípio fundamental do penteado:

— O melhor penteado é o que fica melhor. Consulta antes o espelho.

O princípio não é meu. Tem mil novecentos e tantos anos. Eu só desejaria que as senhoras lessem o conselho de Ovídio e olhassem o espelho. Porque elas são agora muito mais inteligência e são menos escravas da Moda. Ainda não temos bustos com cabeleiras substituíveis como em Roma.

Nesse dia acabaria um martírio e todas as senhoras teriam inteiramente acentuadas a sua personalidade fisionômica. Mas creio bem que não seja assim. Para felicidade de futuros ouvidos com assunto para repetir através dos penteados e das eras:

— O melhor penteado é o que fica melhor. Consulta antes o espelho.

José Antônio José

A Revista da Semana, Rio de Janeiro, 23 set. 1916.

UM OLHAR SOBRE AS CONTRADIÇÕES

Consegui estabelecer a lista dos pequenos horrores e das pequenas torpezas e das vilanias ignóbeis e das delicadas infâmias que formam, com outras excelentes qualidades, a fisionomia cinemática da cidade.

JOÃO DO RIO[101]

A miséria cínica

— Há dois gêneros de miséria no Rio, a miséria cínica, exploradora, e a miséria infinitamente triste, cujas palavras são dolorosos soluços. A sociedade é admiravelmente bem organizada, porque assenta no lameiro dessa vida que já não é vida. Ao lado das altas posições passa como nuvens o corvoejar dos mendigos embrutecidos, sob o rebrilho do luxo sofre um mundo inteiro, estortega a multidão com os membros deformados pelo trabalho brutal, com as ideias limitadas num tantálico círculo de ferro, e todos os ais, todos os soluços, todos os gritos e esses músculos crispados na ânsia de um formidável esforço parecem ter o único desejo de produzir a maravilhosa flor do nosso prazer...

Estávamos ambos de casaca. Tínhamos ceado discretamente com vinho Tokay, e Alberto, o meu incrível amigo, encontrado sempre em lugares equívocos, dizia, com mágoa, essas palavras tristes, fumando um magnífico havana.

— Admira essa cidade. Nós somos como Roma sob Elagabalus.[102] Todos os vícios, todas as crenças, todos os deboches e todas as agonias. Observa, porém, as pequenas molas, o abismo em que a miséria anseia. É curioso.

Apertei o braço socialista.

— Vamos lá ver isso!

— Vamos. Começaremos pela miséria cínica.

E como se subitamente eu tivesse caído de uma altura incrível, aludido, cheio de náuseas, tapando o nariz, sufocando, escrevendo às pressas, começamos a via-sacra da miséria. O meu amigo conhecia todos os pontos dos mendigos, dava-se com eles e dava-lhes dinheiro, curava-os, tratava os monstros com um prazer de colecionador. Eu via.

Logo de madrugada, íamos às hospedarias da rua da Misericórdia, aos *zungas*[103] da rua de São Diogo, aos albergues dos becos escuros, onde se dorme aos dez e cinco tostões, e as assinaturas são ainda mais baratas. Ao meio-dia parávamos diante da Santa Casa, a ver a distribuição dos restos, e à noite, durante toda a noite, arrastava-me pelas portas das cozinhas dos hotéis caros, pelos freges do largo da Sé e a escuridão do Mercado, em busca do que chamava os belos exemplares.

A miséria do Rio vai num espantoso crescer. Dia a dia, o número de malandros aumenta, como aumenta o número dos desgraçados. A fama corre. Sabe-se em cidades europeias, a bordo dos transatlânticos, que é muito bom pedir esmola no Rio, e todas as noites, à porta dos hotéis, das dez à meia-noite, a teoria dos maltrapilhos com as sacolas e as latas de banha a sacolejar, rumoreja mais forte na exigência da comida grátis.

Nessa longa travessia encontrei proprietários de casas, falsos paralíticos, pernas ulceradas à carne fresca, e um cinismo, um revoltante cinismo, que coloca esses homens fora da lei, fora da natureza e fora da sociedade. É um mundo cosmopolita e estercorário de ingleses, argentinos, alemães, italianos, espanhóis, portugueses, chineses, negros — a vasa das outras nações, o bagaço do crime, do lenocínio, da malandrice, da infâmia. Por uma boa ração de álcool, por qualquer níquel, esses monstruosos tipos contam a vida própria e indicam a dos outros, inconscientemente incapazes de compreender o horror do que dizem. Nada lhes resta do pudor, da vergonha e da dignidade. Apenas nestes seres famélicos persiste a assanhada voracidade e o terror da polícia, e matematicamente em todas as suas histórias a causa da quebra de energia resume-se em três grandes males: a Misericórdia, a Praia do Peixe e a Detenção.

A Praia do Peixe, o longo cais de águas sujas com a sua enorme fileira de botes e faluas, é o grande agente da putrefação. Não há mendigo que não tenha um trecho de sua vida ligado à vida daquelas pedras, onde rola o roubo, o crime, a vagabundagem, a avareza, a sensualidade baixa, a sodomia. Daquela fartura toda, do ventre aberto do Rio, da orgia de alimento, quartos de boi sangrando, montanhas de verduras, rumas de peixe; fonte de onde emana a vida da cidade saem os vermes da miséria com o seu atro cortejo. Caminhar à noite pelas *halles* viscosas às escuras, entre os corpos que roncam e o cheiro da miséria, é sentir como o pulso das coisas sinistras, o passo deslizante dos malandros, suspiros exasperantes à sombra das pequenas infâmias. A Misericórdia é a inação, o sustento por tempo indeterminado, em camas lavadas, falando mal dos médicos e das irmãs. Meio por cento dos mendigos termina a primeira existência aí…

— "Tive uma moléstia, fui para a Misericórdia. Quando saí, não me achei com ânimo de trabalhar!"

E a Detenção resume a Praia e o Hospital, o cinismo do crime e a indolência alimentada, a indiferença pelo amanhã e a torpeza, o pão e o ódio. Todos os mendigos malandros são organicamente destinados a desaparecer no abismo. Esses três elementos fazem-nos, entretanto, proliferar, para que esta terra sentimental, que só à vista da miséria se comove, os sustente.

O meu amigo, à proporção que o quadro escurecia, tinha o cuidado de escolher a dedo os exemplares de estudo, e ainda assim, em oito dias interrogamos mais de trezentos. Há entre os desclassificados antigos gatunos, gente de bordo, emigrantes, pelotaris,[104] serviçais de incumbências desonestas, soldados, sinetas, tísicos, boêmios cheios de falcatruas, velhos depravados, trabalhadores e um número prodigioso de antigos caftens.

Alberto dizia:

— Meu caro, vamos hoje ver os srs. Jayme Marquez, Henri Hervey, João Schimidt, Joaquim Massé, Peralo, deflorador, Vicente Pezzi, Gonçalves Guimarães, Pedro da Silva, Wilson, Vieira da Costa, José Neves, Piemond Rubens, Francisco Pio, Salaro, pelotari, Miotto Zampa, Donor Cubano, Jorge Bremen, Seraphim, Joha Crask, Max e alguns chineses... Da vida humana é a única cousa que lhes resta: o nome!

Como essas criaturas param às portas do Amazonas e do Criterium e no largo da Sé até a meia-noite, partimos para a praça Tiradentes, e naquela sociedade que sai dos teatros, naquele movimento febril de grande cidade ninguém vê a tropilha ávida dos esfomeados. O meu amigo interroga Max, que veste *frack*, sobrecasaca e sobretudo em farrapos, mas com os bolsos em perfeito estado... Max é alemão.

— Pagas alguma cousa?

— Uma garrafa de cachaça.

Imediatamente o cínico sorri.

— A minha história? Eh! Eh! Deixa ver dois mil-réis.

Levamo-lo ao quiosque. Max bebe, senta-se à beira da calçada e conta:

— Vim para aqui com a mulher, que era húngara. Sabes? não encontrei trabalho. A mulher foi ganhar a vida na rótula. Vida das boas! Meus amigos aconselharam-me ir buscar outra. Fui e levei-a para Buenos Aires. As duas pequenas no serviço e eu só viajando do Prata para aqui, daqui para o Prata. Mas a macaca deu. A de Buenos Aires morreu e roubaram-me as suas joias; a daqui, um canalha levou-a. Eu sou cavador. Arranjei outra que me chamou de ladrão. Eu, ladrão!

E logo uma golfada de palavrões.

— Foste preso?

— Fui. Estive na Detenção. Saí disposto a comer-lhe as tripas, mas não a encontrei. E apaixonado, e sem comer! Um dia encontrei um patrício lá no *zunga* da rua de S. Diogo. Repartiu comigo a petisqueira e indicou-me o hotel. Vim no dia seguinte com as duas latas de banha e arranjei tanta comida que não saí dois dias, só comendo e dormindo.

— Quanto fizeste hoje?

— Sete mil-réis.

Logo Alberto fez-me cumprimentar Francisco Pio, italiano. O sórdido sujeito tem uma vozinha aflautada e vários chumaços pelo corpo que o fazem ventrudo. É esperto, inteligente e mendiga por profissão. A sua fortuna pode ser avaliada em cem contos.

— Vim para o Brasil como despenseiro num navio da Ligúria, em 1891. Com o dinheiro que tinha, comprei chumbo e cobre para revender. Quando rebentou a revolta, parti para Niterói.

Aí, perde-se em descrições dolorosas, o seu trabalho carregando cadáveres ensanguentados, o horror da cidade... Essas descrições encobrem apenas o que fez em Niterói, o roubo em grande escala, a pilhagem dos soldados mortos, das casas abandonadas. Bruscamente, porém, vendo o nosso olhar inquisidor, cicia rápido:

— Arranjei algum dinheiro, voltei, comprando uma casa no subúrbio. E comecei a viver do aluguel de duas cadeiras de engraxate.

— E as economias?

— Roubaram-me tudo! sopra medroso.

— E a casa?

— Não me pagam os aluguéis.

— Mas se te sabem rico?

— Todos, numa cidade tão grande?

Outro caso interessante afasta-nos do ricaço. É o Vieira da Costa. Depois de suficientemente pago, Vieira conta a sua vida revestido de calma assombrosa. Com esse seu nome de firma comercial, chegando ao Brasil, esteve a princípio num armazém da rua Larga. Brigou, saiu, alugou um prédio e sobrealugou-o às mulherinhas.

Com tantas mulherinhas, Vieira havia de arranjar alguma. Arranjou, e ali a preta, a pequena dava-lhe de um tudo. Mas o raio morreu, ele adoeceu e foi para a Misericórdia. Quando de lá saiu, não tinha mais ânimo nem esperanças. Rolou de cáften a batoteiro da rua de S. Jorge. A polícia perseguia-o. Então sem mais força resolveu pedir esmola.

— Raios me partam se não é um maná! E foi-se com a lata cheia de fatias de presuntos e de pedaços de carne malcheirosos.

Junto de nós, atraído pela conversa, de mão estendida, outro homem, com um hálito pestilento de queijo parmesão, aparecia. Era Vicente Pezzi. Este italiano foi engraxate, lavador de pratos, carregador no campo de Sant'Anna. Uma vez estando à porta da casa donde o marechal Deodoro saiu para proclamar a República, viu no corredor uma opa. Enfiou-a, arranjou um saco com santos de papel, uma bandeja e foi pedir para a cera. Aquilo que era vida! Nunca na corte celeste a cera foi tão bem aproveitada. A polícia, que não se mete com os santos, meteu-se com ele. Teve que fugir com opa e tudo para o subúrbio e, quando de lá voltou, mendigava. É bom e fácil.

Deixamos este trecho da cidade, mergulhando na tíbia luz do largo da Sé. O primeiro a encontrarmos foi o madrileno Capivara Milo. Tem uma linda cor, bíceps fortes, o olhar quebrado, o bigode suavemente alisado por sobre o lábio polpudo, e fala com um langor de dança do ventre. Os seus períodos cortados de *mira usted*[105] e de *olés* dão impressão de *habaneras*.

O meu amigo bate-lhe no ombro.

— O nosso Capivara que aqui vês é uma criatura que tem resistido!

O nosso Capivara torcicola os grossos membros e vomita a vida. *Mira usted!* Veio como criado para as Laranjeiras. Iludido por um cavalheiro, deixou as Laranjeiras pela rua Fresca. *Olé!* Deu o desespero e saiu a procurar trabalho. Mas o Rio não tem um só emprego. Um brasileiro caridoso levou-o para casa, mas a esposa do brasileiro ficou furiosa e o caso é que, já com o seu buço loiro, Capivara, vendo-se outra vez na rua, resolveu apenas mendigar.

— Nunca trabalhei, assevera sorrindo. Esse tem a variedade da invalidez. Às vezes é maneta, já teve as pernas cheias de úlceras falsas e agora amarra vários lenços na cabeça.

— Como fazia você as úlceras?

— Com carne fresca apertada em panos.

Alberto desamarra-lhe os lenços da cabeça, que ele curva como uma rola magoada, e uma longa cabeleira de ouro flameja-lhe a fronte.

— Para que tanto cabelo?

— *¡Il los poetas?*

A lista era, porém, interminável. Esses homens sujos e fedorentos confessavam descaradamente o que tinham sido na vida e essas vidas eram sempre as mesmas. Todos tinham meses de cadeia e haviam sido criminosos. Com as latas sujas, catando lêndeas, eles iam contando a infâmia como se gozassem um regalo. Alberto, porém, metia-me em ruas sombrias.

— Vamos às hospedarias?

— Não. Os mendigos não só dormem nas hospedarias como nos subúrbios, ao ar livre, e agora nos prédios em demolição. Vamos à rua da Ajuda.

Todo um grande trecho da rua que desaparece está quase derruído e desabitado. A luz, como as casas caem, desaparece.

Só um foco avermelhado ilumina todo o quarteirão. Alberto tirou o revólver, como nos grandes romances de Ponson,[106] meteu-se pelo entulho.

— Há uns vinte a dormir aqui. Cuidado que ninguém como os mendigos sabe defender-se. Mas bruscamente de face para o lampião nós vimos dois chins, Affal e Mameta. De longe essas fisionomias cor de oca, alanhadas por sorrisos lívidos, tresandavam, empestavam, davam vertigens.

— Meu patrão, meu patrão! fazem cruzando as mãos de unhas negras sobre o peito.

Alberto paternalmente atira-lhes uma moeda, e eles, rojando na treva, com os semblantes degolados pelos retângulos de luz, babujam o chão. Affal veio para o Brasil em 1890, como criado de proa de um navio de vela. Encontrou-se com os patrícios na Praia do Peixe: disseram-lhe que a vida era fácil. Pedro Sinkim fê-lo vender camarão e peixe deteriorados. A junta correcional dois anos depois condenara-o a sete meses de cadeia. Terminada a pena, nunca mais trabalhou, ganhando com a mendicidade o seu sustento e o de Sinkim, Mameta foi cozinheiro. Mas o meu amigo parece ter uma delícia em interrogá-los. Eu ainda não compreendi bem para que eles servem! Affal torce o carão emplastrado.

— Quanto pagas na hospedaria?

— Quinhentos réis, patrão.

— Mais nada...

— Para Sinkim também... Só arranjei dinheiro para Sinkim. Dá dinheiro a chim, patrão, ele quer ver Sinkim...

Mas Alberto já me arrastava pelo escuro entulho. No alto, o céu estendia o brilho infinito dos astros, e ao longe, muito convicto, muito solene o apito do guarda-civil apitava...

João do Rio

Gazeta de Notícias, Rio de Janeiro, 27 maio 1904. A Pobre Gente.

A linha da sorte

Há mais de quatro meses via aquele mendigo, numa soleira de porta, próximo à casa de sorvetes. A casa de sorvetes é um ponto mundano. À noite, durante o inverno, é um desfilar de *toilettes* esplêndidas, de lindas senhoras, de casacas severas. Atentei no mendigo, porque via a piedade das senhoras. Depois notei que era bonito. Um rapaz de dezesseis anos, o cabelo cor de mel, olhos doces, de longos cílios, a face corada... E coitado! sem pernas, ou antes, com as pernas torcidas e insensíveis, armado de muletas. Era crispante. Se fosse um mendigo feio, não daria nada. A fealdade não pode querer piedade. Todas as noites passava e dava níqueis ao torso vivo, e com pequenos diálogos, pequenas informações. Como eu, havia muita gente, que se interessava pelo pobrezinho. Ao demais, notei que havia uma esmola maior, para o aleijado: a da palestra. Ele sentia-se inebriado, todo o seu semblante irradiava. Conversava! Soube-lhe a história. Era enjeitado. Não sabia do pai, nem da mãe. Estivera na Santa Casa, muitos anos, fazendo várias operações, sem resultado. Tiraram-no de lá. Exploravam-no, é claro. Ele pedia esmolas para sustentar uma família inteira e morava num barracão, fora, no quintal, com o cão. Dormia o dia inteiro e esmolava à noite. Às vezes fazia muito. Tinha medo que o roubassem. Desconfiava da existência de lobisomem, não sabia ler, não sabia escrever, não sabia nada e era bom.

Ah! Muito bom, muito ingênuo e muito puro. A sua conversa era tão infantil, que acanhava. Tinha medo aos fiscais.

Mostrei-lhe que devia pôr o dinheiro num banco, aos dez tostões que fosse — para quando enfermasse, provei que vários aleijados das pernas, depois de esmolar pelas ruas, tinham tomado um ofício e estavam bem. Dava-lhe conselhos, com um ar de pilhéria, porque parecia impossível a sua calma identificação com o sofrimento. A nossa última entrevista, assistia-a Baptista Júnior, muito alto, muito magro e muito admirado.

Mas o aleijadinho desapareceu. Desapareceu, e quase o esquecíamos, quando ontem, por acaso, depois de uma sessão de quiromancia, na redação do jornal em que tínhamos estudado a linha da sorte, na palma sinistra dos presentes, demos de novo com ele.

— Esta história de quiromancia! Vê a sorte do mendigo.

— Mas, para quê?

— Para termos certeza. A linha da sorte é esta do centro, que vai do punho ao monte de Júpiter ou Saturno, não é?

— Sim, esta ao lado da linha da vida.

— Eu a tenho complicada. Vamos ver a do menino, disse um do grupo.

Dissemos ao pobre que mostrasse a mão, à luz de um candeeiro, a mão que ele tinha gelada. Os três rapazes que iam comigo curvaram para a palma. E eu, vendo o olhar esperançado e sem mancha da pobre criança, achei-me a dizer:

— Sim senhor... vejo um casamento, uma menina loira... e dinheiro, saúde. Vai morrer de velho... e feliz, conceituado...

A palma não tinha uma linha senão a do coração, enorme, dividindo-a ao meio e a da vida logo quebrada. Era absolutamente a desgraça, olhando para nós, ingenuamente na noite escura. E as minhas palavras de mentira tremiam de medo...

Joe

Gazeta de Notícias, Rio de Janeiro, 8 out. 1911. Os Dias Passam...

Mendigos e mordedores

Como defender-se uma pessoa? Correr, abotoar o casaco, tomar o automóvel? É sabido, proliferam por cá, mais que em outras bandas, os relaxamentos. Seja mau costume, esteja o vício bem escancarado, considera-se bem lamentável o hábito e no Rio costume, vício, hábito, vicejam, florescem, frutificam. Assim várias coisas resolveram ficar por aqui. Nós somos a cidade única de muitos casos únicos, das epidemias seguidas de relaxamentos. A mendicidade é um deles.

Haverá posturas contra a mendicidade? Haverá polícia, fiscais, organização defensiva da população inerme? Com certeza não há. Mas em compensação há um formidável exército de mendigos, organizado que dá gosto, exército composto de velhos, de estropiados, de mulheres cínicas, de crianças. Esse exército espalha-se pela cidade ao amanhecer para o assalto. Os pontos centrais são os procurados. Está falando o cavalheiro com uma senhora, e sinistramente uma velha horrenda mete a mão e a cara atroz, lamuriando:

— Uma esmola!

Vai um homem com pressa em plena Avenida, sente-se preso pelas pernas. São garotos fingindo de mendigos a pedir um tostão. E não é só a exibição de mazelas, o ataque nas ruas, essa organização dos patifes que esperam a ocasião azada. Os mendigos entram pelas casas de negócio, pelos estabelecimentos elegantes ou não, firmados neste princípio carioca de que quem quer consegue e realiza e no outro princípio nacional do tão bom.

É a explosão absolutamente desavergonhada. Mas ninguém conta em combatê-la. Há o medo de não dar esmola, há o fastio do incômodo, sei lá! O fato é que chega a ser escandaloso demais. A média de um mendigo de segunda ordem é dez mil-réis diários. Outro dia, como uma velha mendiga pedisse um níquel pela quinta vez, encolerizei-me:

— Hoje é o quinto.

— Desculpe V., retrucou, não tinha reparado. É que o meu ponto é limitado e não tenho obrigação de guardar as fisionomias.

Mas há pior, ainda pior que os mendigos: — os mordedores, mendigos de outra espécie, que nos apertam a mão e nos olham com ódio e ordenam a soma a receber. Basta que o infeliz indicado como vítima pelos deuses inclementes seja um tanto conhecido. Tal a ave de rapina que nos ares se equilibra, o mordedor fende sobre o desgraçado, de mão estendida:

— Como tem passado?

— Não o conheço, não me aborreça.

Mas o relaxamento da vontade geral impede-nos violências. O desgraçado olha o desconhecido, entrega a mão (para não fazer de soberbo) e responde:

— Bem.

— Eu é que não.

— Ah! Sinto muito...

— Você não se lembra de mim. Mas eu conheço-o bem. Chego do Sul, estou sem recursos. E queria ir hoje para Petrópolis.

O desgraçado tenta defender-se.

— Mas, eu...

— Não quero a passagem toda. Arranjarei o resto com outro. Deixe ver dois mil-réis.

Tenho a pretensão louca de saber defender-me dessas extorsões de batedores de carteira à vista do incauto. A polícia prendendo tais cavalheiros aliviaria um pouco as ruas, mas, como a polícia ainda não pensou nisso, trato de lutar pela conservação do meu parco bolso. Ainda assim, porém, os assaltos obrigam-me a uma verba de nunca menos de cinco mil-réis.

Ainda agora acabo de sair do barbeiro. Ia sentar-me quando um sujeito que nunca vi mais gordo, deu o bote com uma fúria magistral:

— Como vais tu?

— Eu?

— Deixa ver dois mil-réis.

Era à vista de toda a barbearia repleta. Relutei, acabei dando mil-réis. Saí. O miserável fazia a ronda pelas proximidades. Olhou-me com superioridade e continuou sem tirar o chapéu. Quanto não fará ele por dia?

E, entretanto, à polícia e à Prefeitura, bastaria um pouco de vontade, poderiam coibir essa despejada indecência que viceja e prolifera nas ruas centrais...

Joe

Gazeta de Notícias, Rio de Janeiro, 29 out. 1911. Os Dias Passam...

A GUERRA NA EUROPA

[...] eu desejaria encontrar aqui, a favor ou contra a guerra, um brasileiro que fosse só brasileiro. Porque é realmente alarmante absurdo uma cidade sob ameaça de guerra esquecendo a sua própria nacionalidade ao ponto em que a esquecemos...

JOÃO DO RIO[107]

Os cariocas e o conflito europeu

Antes da guerra todos os cariocas eram economistas e financeiros. Depois da guerra cada carioca é um estrategista, um sociólogo. Há palestras elevadas e discussões quase a murro.

— Eu estive na Alemanha! Que disciplina.

— Meu caro amigo, é contar muito, contar só com a disciplina.

— Em quinze dias "tomamos" Paris.

Esse plural é delicioso, mas convencido, como o dos franceses platônicos dos bulevares de São Sebastião do Rio de Janeiro — que também dizem:

— Vai ser de raspadeira: entramos por ali dentro e em oito dias liquidamos o colossal mau gosto de Berlim...

Eu tenho um amigo, que além de ser um alto espírito, fiscaliza (controla como se diz no português daqui) os entusiasmos com a calma da reflexão. A minha pergunta:

— Por quem é na guerra?

Ele responde:

— Pelo Brasil. O patriotismo é instinto e obrigação. O resto é também muito nobre, inutilmente bonito; mas não concordo em julgar uma obrigação. Podemos dizer que partido pelas lutas de outros países revela uma profunda vocação para capanga...

Como eu risse longamente, o meu amigo continuou:

— Esta guerra amaluca um pouco a todos. Nada como as seguranças com que pensamos os exércitos mobilizados de repente e as vitórias imediatas. Mobilizar um batalhão não é mobilizar uma brigada, não é mobilizar uma divisão. São precisos muitos comboios para tudo isso, e é preciso também tempo. Dentro de quinze dias, talvez, os exércitos estejam inteiramente mobilizados. A Alemanha vem com a arrogância do que venceu. Apenas as gerações de hoje não sabem quanto custou aos pais a vitória e têm jactância de mais. A França vai com a prudência de quem foi humilhada. A prudência e a fúria da revanche.

Arregalei os olhos. O meu ilustre amigo calmo, que qualifica os entusiasmos partidários pelas questões externas, vocação para capanga, também mostrava partidarismo? Então, indaguei à queima-roupa:

— E quem ganha?

— A Inglaterra. Desde agora. Só a Inglaterra, à qual a Alemanha fazia com êxito tremenda concorrência na marinha mercante, nas indústrias, no comércio. E a Inglaterra tem tanta sorte — que até arranjou o Japão para liquidar as pretensões orientais da Alemanha e fazer a sua política do oceano Índico ao mar de Bering...

E como toda gente, conversamos quatro horas a respeito, esquecendo eu que poderia, com mais acerto, ver se era possível arranjar alguns níqueis para não ficar devendo o *bond* elétrico — como todos nós nesta esplêndida época de falta de dinheiro.

Joe

Gazeta de Notícias, Rio de Janeiro, 11 ago. 1914. À Margem do Dia.

Quem lançará a nova moda?

Um dos redatores do *Binóculo* lança hoje nessa seção uma pergunta gravíssima:

— Estando Paris em guerra, quem lançará a nova moda?

Sim. A moda é uma propriedade de Paris. Se Londres ensina a vestir aos homens e os meninos de Paris (vejam os exemplos nos sul-americanos recém-chegados) exageram os decretos de Cook ou do Daves — a moda feminina é exclusivamente propriedade de Paris. A luminosa cidade decreta a moda não só para Paris, como para o mundo inteiro. Há moda para os Estados Unidos, moda para a Inglaterra, moda para o Chile, e todas essas modas nascidas à margem daquele rio que se chama o Sena.

Duas vezes ao ano, pelo menos, um mundo de gente medita sobre os tecidos, sobre os cortes. Ultimamente não só as grandes artistas inventavam. Os pintores, os caricaturistas fizeram modelos — e quando a guerra chegou, era bem o fim do mundo quanto à moda, tal o desespero disparatado das invenções. Alguns artistas estabeleceram campanha contra, e não só nas revistas do ano, nas crônicas, nos jornais, nas peças. Sem, o admirável perverso, fez uma verdadeira e hilariante, posto que furiosa, batalha no *Journal*.

A campanha teria produzido efeito? Talvez. O fato é que o derradeiro modelo "*avant la guerre*",[108] é esse atroz figurino em que as senhoras, além do vestido, têm pregada à gola uma enorme capa que lhes dá ares de bandidos espanhóis.

Agora, porém, nem isso. Se a guerra durar, passaremos todo o tempo a ver as meninas no mesmo passinho miúdo, com as saias apertadas de haste de dália, o chapéu à banda — tal qual como em março, tal qual como em julho, tal qual como em dezembro! Imaginem uma rapariga em 1915 vestida como em 1914! É o que se pode dizer: estar fora da moda à força...

A não ser que surja alguma ideia com o inquérito do *Binóculo*. Berlim em tempo de paz armada imaginou fazer moda própria. Foi o ridículo maior de Berlim. O Rio, porém, em tempo de guerra talvez arrisque. Não somos nós parisienses? Basta ir ao Assírio[109] e ver os chás inventados pelo Gasparoni,[110] com tangos, *mônnes*, *gentilhommes*,[111] *triganes*, etc. etc. — para se ter a certeza de que Paris emigrou para o Rio — todo o Paris sul-americano.

Tentemos, pois, salvar a Moda — se preciso for uma coligação estética do ABC e, com o auxílio dos Estados Unidos.

Joe

Gazeta de Notícias, Rio de Janeiro, 2 dez. 1914. À Margem do Dia.

Patriotismo

Causou-me sempre grande estranheza o modo absoluto do nosso patriotismo europeu. Antes da Guerra, eu acreditava que um cidadão nascido nesta terra tem primeiro de ser brasileiro. Depois pode manifestar as simpatias por quem quiser. Mas, declarado o conflito europeu, vi que a maioria dos brasileiros é brasileira em segundo lugar — porque o brasileiro ou é aliado ou é germanófilo.

Mais.

Os brasileiros quando discutem as culpas e as vitórias e as capacidades das suas pátrias de adoção, não deixam de trazer à baila um argumento tremendo: a colonização do Brasil.

— Civilização, brada o germanófilo. Vai te fiando. Nós estamos procedendo loucamente. Terminada a guerra, verás o que acontece!

— Teremos a vitória da Civilização!

— E o inglês tomando conta da terra!

— Mas o senhor pensa que a Inglaterra é a Alemanha?

— Posso jurar que a Alemanha não quer nada.

— Mas o senhor julga-nos idiotas?

Parece que o argumento de escolha é o Brasil na garra estrangeira. Para os aliados e culturistas, em que se dividem os brasileiros — a questão já não é de defender o Brasil, é de ver quem fica com um pedaço da sua pátria.

Dispenso-me de dizer que isso não pode deixar de dar uma impressão de copa, de discussão de copa, argumentando com a força dos patrões:

— Quem manda mais: o coronel ou o doutor?

Desses patriotas *sui generis* valeria a pena chamar-lhes a atenção para o que se passa no sul. Aí não é a Inglaterra. É pura e simplesmente a Alemanha dentro de casa — da sua casa.

Em Santa Catarina não resta a menor dúvida. Ainda outro dia um ilustre viajante, o dr. Paulo Passos, contava fatos curiosos. Por exemplo: um único prefeito brasileiro que falava o alemão para não perder o prestígio eleitoral. Ainda: os exames dos colégios alemães de Santa Catarina servindo para os cursos a continuar na Alemanha.

No Rio Grande do Sul a coisa é tão grave como em Santa Catarina. Leram o telegrama do homem em que se narra a violência do cônsul alemão exigindo a suspensão de uma fita cinematográfica simplesmente porque essa fita mostrava aliados!

A fita foi suspensa, apesar dos protestos do povo, com o auxílio das autoridades do Estado! E só depois de muito barulho e de uma sessão especial para os donos alemães de um jornal, mais o cônsul alemão e alguns brasileiros é que se consentiu a abertura do cinematógrafo ao público...

Pensem bem os senhores nesse episódio e vejam que tais fatos só seriam talvez concebíveis em algumas províncias da mísera Turquia.

Mas que temos nós com isso?

No momento trata-se de saber por quem somos: pela Civilização, se pela Cultura.

Patriotismo!

Joe

A Rua, Rio de Janeiro, 26 nov. 1915. O Instante.

Paulo Barreto em 1921

POSFÁCIO

As crônicas de Paulo Barreto e seus pseudônimos: retratos de uma época

Juliana Bulgarelli

O jornal carioca *A Notícia* chegou até seus leitores na manhã do dia 6 de agosto de 1911 trazendo em suas páginas a crônica "O fim do maxixe". Assinado pelo pseudônimo mais famoso de Paulo Barreto, João do Rio, o texto deixa transparecer toda a nostalgia e o pesar do personagem narrador diante da extinção do ritmo que, segundo ele, seria a exteriorização mais clara do caráter do povo brasileiro, "o sentimento rítmico que todos sentiam, a grande dança federal". O maxixe, mestiço, filho do negro e do português, nascido da fusão de uma dança africana e de uma recordação do fado, foi inicialmente desprezado. No entanto, "vivia nos cavaquinhos e flautins dos bailaricos nas estalagens, ou nos violões pelas serestas perdidas" até ser resgatado pelos autores de revistas e transformar-se no ritmo genuinamente nacional. Com o advento da República, conta-nos o cronista, o maxixe foi proibido pelo "marechal Hermes" e, pouco a pouco, deixou de ser tocado nos cafés, nos teatros, nas bandas e nas ruas, sendo substituído pelo "pedantismo", pelo "snobismo" dos compassos estrangeiros. Nas palavras de João do Rio, foi "nesse angustioso momento" que o maxixe "subitamente desaparece sem uma saudade...".

O desalento do personagem narrador diante da "morte do maxixe" revela a preocupação de Paulo Barreto com uma possível desnacionalização do Brasil que o faria perder a "característica deliciosa de sua raça". Isso porque, de acordo com o cronista, o fim do "ritmo da alegria" estava diretamente associado a uma série de transformações socioeconômicas pelas quais o país, e em especial a cidade do Rio de Janeiro, passava à época. O desaparecimento do maxixe converteu-se, nas linhas do texto de João do Rio, em um dos símbolos do plano de modernização concebido pelas autoridades e pelas classes dominantes brasileiras do fim do século XIX e das duas primeiras décadas do XX. Essas mudanças correspondiam a uma tentativa do Brasil de seguir os imperativos do capitalismo e da modernidade e expressavam o desejo de progresso e de civilização, nos moldes europeus, de uma parte da sociedade brasileira.

Após a proclamação da República, o Rio de Janeiro tornou-se o centro cosmopolita do Brasil por excelência. Contudo, sua estrutura urbana colonial mostrou-se inadequada às novas aspirações da elite. Nesse momento, a cidade dispunha somente de um sistema inapropriado de abastecimento de água e de esgoto, e suas ruas estreitas e tortuosas dificultavam o transporte de mercadorias até o velho porto.[1] Na região central, grande parte dos antigos casarões tinha sido transformada em habitações coletivas, nas quais a população pobre, formada majoritariamente por libertos e seus descendentes, vivia em condições de extrema precariedade, sem infraestrutura e em absoluta promiscuidade.[2] Fazia-se necessário, então, remodelar o Rio de Janeiro de maneira a estabelecer a ordem e as premissas do que era então considerado uma cidade moderna e civilizada.[3]

Tomando como pretexto uma política de planejamento que visava ao saneamento e ao embelezamento[4] da cidade, as classes dominantes brasileiras criaram um projeto modernizador que pretendia, por meio de reformas urbanas, acabar com as características coloniais do Rio de Janeiro, tornando-o mais semelhante às grandes capitais europeias. A imposição de uma nova composição espacial que reorganizaria física e simbolicamente a capital era um mecanismo de controle social e urbano, típico de sociedades capitalistas ou em processo de transição para o capitalismo, cujo objetivo principal era disciplinar a força de trabalho.[5] No caso do Brasil, essas mudanças estavam associadas ainda a um amplo movimento de transformação social, ligado, inicialmente, ao processo de abolição da escravidão, quando o poder pessoal dos proprietários de escravos foi colocado em questão. Anteriormente, as relações entre proprietários e escravos eram reguladas por uma lógica de dominação e pela perpetuação da dependência, na qual as vontades e o poder individual do senhor sempre prevaleciam. Nessa condição, a submissão do trabalhador estava garantida, pois, no universo jurídico, o escravo era propriedade privada de seu senhor. Assim, cabia ao senhor controlá-lo através de ações que se equilibravam entre a ampliação de punições e a adoção de ações paternalistas.[6] Com o processo gradual de emancipação dos escravos — que culminou, em 1888, com a assinatura da Lei Áurea — e a consolidação do projeto capitalista modernizador no Brasil, esses vínculos de dependência foram gradativamente substituídos por relações burguesas, moldadas pelas novas normas econômicas e de mercado. Dessa forma, era preciso também criar mecanismos que legitimassem a supremacia de certos grupos sociais.

O projeto ideológico de transformação da cidade reforçou também as relações entre autoridades políticas e médicas, com a associação de conceitos de civilidade a ideais de higiene, saúde, limpeza e beleza.[7] Com o imperativo de evacuar os detritos, remover a população pobre e coibir a promiscuidade, o saneamento material da cidade levou a um saneamento moral da população, que foi obrigada a se adequar a novos papéis sociais. Com o intuito de disciplinar a força de trabalho, o Governo proibiu, por exemplo, a venda ambulante de alimentos, o ato de cuspir de dentro dos bondes, o comércio de leite em que as vacas eram levadas de casa em casa, a criação de porcos no perímetro urbano, a exposição de carnes, a deambulação de cachorros de rua e a falta de manutenção das fachadas.[8] A essa lista se somava, também, a proibição do acesso ao centro do Rio de Janeiro de indivíduos que estivessem de pés descalços ou em "fralda de camisa", como nos mostra a crônica publicada no dia 16 de abril de 1914 e assinada pelo pseudônimo Joe (p. 145).

Com o objetivo de conter manifestações culturais dos mais pobres, em sua diversidade étnica e racial, o Governo proibiu ainda a capoeira, os candomblés, as festas, as reuniões e certas modalidades do Carnaval organizadas por essa população. Pretendia-se apagar as marcas da herança negra e mestiça que, aos olhos da burguesia, ameaçavam as pretensões dela ao modelo ocidental de civilização. Segundo alguns historiadores, essa tentativa de coibir as manifestações culturais das classes populares tinha como causa não somente o caráter intrínseco a essas manifestações, considerado bárbaro, mas também o perigo potencial que a presença dos negros representaria.[9] Essa presença causava incômodo constante aos interesses da elite política, pois influiria negativamente nas decisões dos investidores europeus, sempre atentos, conforme essa visão, à aparente desorganização do Brasil.

O maxixe, nesse contexto, apesar de fazer parte do universo cultural de diversos grupos sociais, passou a ser visto pelas autoridades brasileiras como uma das marcas dessa herança negra e mestiça que o projeto civilizador condenava e pretendia apagar. O ritmo, descrito por João do Rio como carregado do "infinito sabor" e da "tentação violenta" do exotismo, responsável pelos "rabichos danados" e pelas "paixões d'álcool e de pólvora", era considerado fonte de corrupção e de difusão de valores bárbaros. A desordem e a vulgaridade associadas ao ritmo ameaçariam o progresso da sociedade brasileira e também corroborariam a imagem negativa que o país transmitia para o mundo.

Como a ordem era ser civilizado de acordo com os padrões europeus, outras transformações sociais foram impostas — sempre acompanhadas de perto por Paulo Barreto, que nutria opiniões ambíguas ou mesmo contraditórias a respeito das mudanças. Em muitos de seus textos, entusiasmo e fascínio misturam-se ao incômodo ou mesmo à crítica mais contundente, como nas crônicas "A questão palpitante" e "O telefone", assinadas pelos pseudônimos João do Rio e Joe, respectivamente. No primeiro texto, o personagem narrador mostra-se intrigado com o fato de a elite brasileira, em nome de uma suposta elegância e refinamento, substituir o uso de palavras da língua portuguesa por termos estrangeiros, sobretudo quando o assunto era a maneira de "tratar as

Obras de saneamento e remodelação na rua da Carioca, parte do projeto de modernização do Rio de Janeiro (1906). Foto: Augusto Malta

Avenida Rio Branco logo após as reformas urbanas no centro do Rio de Janeiro.
Foto: Augusto Malta

Charge na capa da revista *Fon-Fon* de 28 de setembro de 1907 mostra o marechal Hermes da Fonseca expulsando o maxixe das bandas militares

mocinhas que estão em idade de casar". Depois de fazer uma "*enquête*" em diferentes círculos sociais da capital, na tentativa de determinar quais palavras eram mais utilizadas nesse caso, ele chega à conclusão de que realmente era impossível "querer decretar uma palavra para exprimir em todas as classes a mesma coisa". Com o resultado do inquérito, João do Rio termina por legitimar o uso de estrangeirismos. A tal ponto que o tom irônico do início do texto, expresso na dificuldade dos personagens em saber o gênero correto das palavras tanto em português como em francês, é substituído pela complacência do narrador, que em sua obra se valia de termos estrangeiros para se expressar. Em outras palavras, mesmo apontando o artificialismo da elite, que determinava seu comportamento a partir dos modelos culturais europeus, o cronista encontrava-se, ele próprio, inserido nesse ambiente. Por outro lado, ele se mostrava suficientemente lúcido para ironizar o meio que frequentava, produzindo textos inteligentes e bem-humorados que eram bem-aceitos entre seus leitores.

Em outra perspectiva, em "O telefone", publicado em 1914 na seção À Margem do Dia, o pseudônimo Joe discorre sobre esse aparelho que é um dos objetos-símbolo da modernidade. Embora expresse entusiasmo em relação a ele, que era "sobretudo útil ao conforto" e que poderia fazer "desaparecer as distâncias", o personagem narrador considera o telefone "inconfortável e irritante". Tanto que, no decorrer do texto, é apontada uma série de maus usos que a sociedade em geral passou a fazer dele: da "martirização masculina" nas mãos das mulheres até a "infâmia da tremenda gente" que, "por não ter o que fazer, insulta e pretende agoniar os outros". Nesse caso específico, Joe obriga seus leitores a refletir não apenas sobre a função que os artefatos modernos vinham assumindo na sociedade brasileira da época, mas também sobre como esses objetos vinham construindo novas simbologias, que orientavam novos costumes e hábitos.

Ambas as crônicas revelam alguns aspectos da maneira como se estabeleceu esse novo projeto civilizador, que se baseava em uma série de expectativas bastante distantes das práticas cotidianas da população.

PAULO BARRETO E A CONSTRUÇÃO DOS PSEUDÔNIMOS

Nascido na cidade do Rio de Janeiro em 5 de agosto de 1881, João Paulo Alberto Coelho Barreto esteve, desde a infância, inserido nesse contexto de mudanças e transformações vividas pelo país. Era ainda criança quando ocorreram a abolição da escravidão e a proclamação da República. Na juventude, testemunhou o processo de reformas urbanas da capital. Adulto, participou das discussões ideológicas em torno da Grande Guerra europeia.[10]

Em 1899, aos dezessete anos e recém-saído da escola, começou a vida profissional na imprensa, publicando uma crítica teatral no jornal carioca *A Tribuna*. Logo em seguida foi contratado pelo periódico *A Cidade do Rio*, dirigido pelo abolicionista José do Patrocínio, onde ficou até 1900. Entre 1901 e 1902 escreveu consecutivamente em *O Paiz*, *O Dia* e *O Correio Mercantil*, até que, em 1903, foi para a *Gazeta de Notícias*, jornal no qual passou grande parte de sua carreira. O momento era de transformação da imprensa brasileira, com os pequenos jornais de quatro folhas começando a desaparecer e dando lugar aos grandes jornais. Os temas de interesse também se diversificavam. Nesse contexto, Paulo Barreto transformou-se em jornalista profissional. Diferentemente da grande maioria de seus contemporâneos, para quem o trabalho jornalístico apenas completava a renda advinda de outras atividades profissionais, Paulo Barreto dependia da publicação de seus textos para sobreviver. O jornalismo, assim, permitiu a ele ascender socialmente.

Sua escrita é considerada inovadora em termos tanto literários, ao fundir reportagem e crônica, como temáticos, por retratar dois universos sociais bem distintos: o da alta sociedade e o da população pobre, negra e mestiça das cidades. Esses grupos, que viviam em constante interação e negociação dentro e fora dos seus textos, não eram estranhos à sua história familiar. Sua mãe, a dona de casa Florência dos Santos

Barreto, era de origem humilde, nascida de uma relação não oficial entre um rapaz branco, bacharel da Escola de Medicina, e uma jovem negra, analfabeta. O pai, Alfredo Coelho Barreto, professor de matemática, mecânica e astronomia, vinha de uma família ilustre, mas falida, do Rio Grande do Sul. Talvez a diversidade de seus antepassados tenha possibilitado a Paulo Barreto circular com naturalidade entre a elite e a gente humilde, únicos grupos sociais considerados pelo cronista dignos de interesse. Pela pena de Godofredo de Alencar, um dos seus personagens, o cronista afirma que "nas sociedades organizadas interessam apenas: a gente de cima e a canalha. Porque são imprevistos e se parecem pela coragem dos recursos e a ausência de escrúpulos".[11]

Para melhor captar a diversidade desses mundos e as transformações pelas quais o país passava, Paulo Barreto optou por utilizar como recurso narrativo o pseudônimo, prática recorrente no universo intelectual e literário mundial ao longo dos séculos. No Brasil, o artifício tornou-se frequente a partir da segunda metade do século XIX.[12] Contemporâneo de Paulo Barreto, o escritor Coelho Neto, em entrevista ao jornal *Gazeta de Notícias*, em 1912, tenta explicar o significado do hábito entre os autores brasileiros. De acordo com ele, o "falso nome" não era uma fantasia ou uma máscara utilizada pelos escritores para dissimular suas identidades. Era, sobretudo, uma opção cuidadosamente adaptada para cada série de textos. Os pseudônimos eram personagens narradores aos quais a delimitação de um perfil claro e preciso permitia abordar questões específicas em diferentes momentos. O "falso nome" ajustava-se aos temas e às preocupações da época e determinava os diferentes períodos da produção literária de um escritor.[13]

No decorrer de sua vida literária, Paulo Barreto criou vários pseudônimos. Nesta coletânea, as crônicas de João do Rio e de Joe dividem espaço com textos assinados por José Antonio José, Paulo José e x. Apesar da dificuldade de reconhecermos cada personagem narrador somente por meio de suas opiniões, escolhas metodológicas ou temas, é possível, no entanto, perceber algumas características específicas de cada um deles. Dentre os pseudônimos citados, x. surge no ano de 1903, assinando a coluna A Cidade. Publicada quase diariamente até meados de 1904 no jornal carioca *Gazeta de Notícias*, a seção abordava diferentes aspectos da cidade do Rio de Janeiro e de seus habitantes, personagens centrais dos textos. x. refletia sobre o ambiente urbano da cidade que se transformava e que reunia, ao mesmo tempo e em um mesmo espaço, problemas e fatos diversos, vividos e compreendidos de diferentes maneiras. A identidade de x. era amplamente conhecida pelos leitores, que dialogavam com o cronista por meio de cartas enviadas ao jornal ou por comentários publicados em outros periódicos.

Ainda em 1903, os leitores da *Gazeta* foram apresentados a João do Rio. Depois de publicar, sem muita repercussão, uma enquete sobre os autores preferidos dos cariocas e alguns textos sobre a imigração europeia no Brasil, esse pseudônimo ganhou notoriedade em 1904, ao assinar a coluna As Religiões no Rio. Nela, João do Rio registrava suas deambulações pelas ruas, investigando as diferentes religiões praticadas na cidade. O crítico literário Nestor Vítor escreveu em 1906 que o sucesso de João do Rio foi tal que o escritor se tornou mais célebre pelo pseudônimo que adotou do que por seu próprio nome, com o qual havia assinado quase todos os primeiros textos, espalhados em diferentes jornais.[14] À época, o interesse dos leitores pela obra de João do Rio estava possivelmente relacionado ao caráter popular de seus escritos. A utilização do nome da cidade marcava a procura de uma identidade regional[15] e assumia a identificação de João do Rio com a cidade da qual se tornara cronista incontornável.[16] Alguns biógrafos de Paulo Barreto, no entanto, afirmam que o nome João do Rio foi escolhido por influência do escritor francês Jean Lorrain, que se interessava pelo *bas-fond* de Paris. Essa identificação foi comentada pelo próprio João do Rio em uma crônica publicada na *Gazeta de Notícias* em 20 de maio de 1904, na qual o personagem narrador descreve Jean Lorrain como "um grande mestre". Em outro texto publicado na série *A alma encantadora das ruas*, João do Rio destaca a influência do cronista francês em sua obra. Ele, juntamente com Oscar Wilde, foi a inspiração para a escolha temática de escritos como aqueles em que João do Rio visita as estalagens e os hotéis baratos dos bairros frequentados pelos trabalhadores pobres da cidade do Rio de Janeiro. Em suas palavras:

> Lembrei-me de que Oscar Wilde também visitara as hospedarias de má fama e que Jean Lorrain se fazia passar aos olhos dos ingênuos como tendo acompanhado os grão-duques russos nas peregrinações perigosas que Goron guiava.
>
> Era tudo quanto há de mais literário e de mais batido. Nas peças francesas há dez anos já aparece o jornalista que conduz a gente *chic* aos lugares macabros; em Paris os repórteres do *Journal* andavam acompanhados de um apache autêntico. Eu repetiria apenas um gesto que era quase uma lei.[17]

A prática de visitar estalagens e hotéis baratos para mostrar aos leitores a vida "insólita" das camadas pobres da cidade fazia sucesso com o público europeu, o que levou João do Rio a reproduzi-la em solo brasileiro. Inclusive, episodicamente, os personagens narradores apenas fingiam visitar esses endereços para convencer e atrair o público leitor. Entretanto, a adoção dessas práticas, contrariamente ao que defendem alguns críticos, não pode ser considerada simples plágio. Elas eram a marca da maneira como a modernidade e o capitalismo levaram a uma padronização de valores, costumes e interesses que, por meio da circulação cada vez mais rápida de ideias, se espalharam e se reproduziram rapidamente por todas as capitais mundiais, chegando ao Rio de Janeiro.

O surgimento do personagem narrador José Antonio José marca um segundo momento da vida literária de Paulo Barreto. Ele anuncia o papel de cronista mundano que o escritor vai adotar a partir daquele momento. Em 1908, Paulo Barreto fez sua primeira viagem à Europa e, em 1910, foi eleito para a Academia Brasileira de Letras. Esses dois eventos o afastaram do mundo das classes populares. Sua obra, já consagrada pela elite brasileira, passou, então, a mostrar o cotidiano dessa mesma elite, retratando sua maneira de viver as transformações da época, entre elas, o advento da Primeira Guerra Mundial. Na grande maioria das crônicas assinadas por José Antonio José, veem-se o desfile de nomes das famílias mais tradicionais do Brasil e descrições do cotidiano frívolo dos mais abastados, com seus jantares suntuosos e sua preocupação com a moda. José Antonio José, em uma de suas crônicas, revela que, ao escrever sobre esse grupo social, tinha como objetivo deixar registradas para as gerações futuras as cenas, personagens e imagens da vida mundana da época:

> Num ambiente tão elegante, acentuo o meu único fim na crônica mundana, deixar de fato para o futuro a reprodução de

alguns quadros da vida elegante e guardar o nome de certas personalidades, cujo brilho não passa dos salões, para que futuros escritores possam um dia escrever do refinamento e da distinção de um pequeno grupo social da primeira república.[18]

Pode-se supor que Paulo Barreto tenha criado o pseudônimo José Antonio José para poder se infiltrar no *grand monde* e assim marcar uma clara distinção entre as escolhas temáticas desse pseudônimo e as de João do Rio. Alguns estudiosos consideram, contudo, que, diferentemente de João do Rio, José Antonio José seria apenas uma espécie de ventríloquo de Paulo Barreto. Foram raras as ocasiões em que José Antonio José deixou a inclinação mundana de lado para adotar uma postura crítica em relação à elite brasileira, como veremos.

O personagem narrador Joe aparece pela primeira vez em 1905 na *Gazeta de Notícias*, assinando o texto intitulado "Ira", que criticava os trabalhos do Congresso Nacional. Em seguida, passou a dividir com João do Rio a responsabilidade pela coluna Cinematógrafo, publicada entre 1904 e 1909 também na *Gazeta de Notícias*. Não obstante a forte similaridade entre as escolhas temáticas dos dois personagens, como podemos perceber em "A questão palpitante" e "O telefone", alguns intérpretes de Paulo Barreto defendem que Joe, de maneira geral, era um observador mais otimista, encantado com as

SÉDE SOCIAL
Avenida Rio Branco
130, 132

O PAIZ

ASSIGNATURA
Doze mezes . . 30$000
Seis mezes . . 16$000
Um mez . . . 3$000
NUMERO AVULSO 100 RS.

ANNO XXX — N. 10.887 RIO DE JANEIRO, QUARTA-FEIRA, 29 DE JULHO DE 1914

EXPEDIENTE

A GUERRA

ECHOS E FACTOS

AUSTRIA E SERVIA

A DECLARAÇÃO DE GUERRA

O FRACASSO DA MEDIAÇÃO

Esquadras que se movem

A MOBILIZAÇÃO EUROPÉA

Commentarios sobre a nota da Servia — A attitude dos socialistas — O que ha e o que se diz nas grandes capitaes — Desmente-se a tomada de Belgrado — O trigo e a guerra.

MICROCOSMO

Detalhe da capa de *O Paiz* de 29 de julho de 1914, noticiando a eclosão da Primeira Guerra Mundial

novidades trazidas pela modernidade. Ainda assim, podia ser crítico da realidade política e social, sem nunca abandonar o estilo refinado e irônico de escrita. Para esses estudiosos, seu texto, que tinha também momentos de lirismo, estava voltado principalmente para as damas da alta sociedade carioca, "parisienses da cabeça aos pés" que se exibiam nos teatros, nos bailes e nas festas mundanas.[19]

Anos mais tarde, em 1912, o personagem Paulo José foi criado para assinar a coluna O Instante, da *Gazeta de Notícias*. De duração efêmera, essa série de crônicas apresentava para os leitores algumas discussões relacionadas à política brasileira,

Revista da Semana

Sr. A. Pedroso Rodrigues
Consul interino de Portugal.

Sr. Justino de Montalvão
Encarregado dos Negocios
de Portugal.

Sr. José Constante
Presidente da Camara Portugueza
de Commercio do Rio de Janeiro.

Aspecto da assistencia ao espectaculo do Theatro Phenix em beneficio da Cruz Vermelha Portugueza.

O Chefe do Grande Estado Maior do Exercito Portuguez

Uma das primeiras consequencias do estado de guerra entre o Imperio allemão e a Republica Portugueza foi a nomeação do chefe do Grande Estado Maior do Exercito. A escolha do governo portuguez recahiu no General Sr. Antonio Rodrigues Ribeiro, que no regimen monarchico representou diversas vezes na Camara dos De-

Paulo Barreto pronunciando a sua notavel conferencia no espectaculo do Phenix.

Embaixo, à direita, Paulo Barreto em conferência de abertura de espetáculo no Teatro Fênix, Rio de Janeiro (1916)

seus personagens e também assuntos do cotidiano da cidade. Os textos assinados por Paulo José não se diferenciam claramente daqueles assinados por João do Rio ou Joe. Supõe-se que esse personagem narrador tenha sido criado somente para marcar o surgimento de uma nova coluna do jornal e despertar o interesse do público leitor.

Flâneur ***e dândi***

A imagem de Paulo Barreto também estava associada a dois outros personagens que dominaram a cena intelectual do final do século XIX e início do XX: o *flâneur* e o dândi. O conceito de *flânerie* estava diretamente ligado ao advento da modernidade e ao surgimento das grandes metrópoles, pois era nelas que o *flâneur* encontrava o ambiente perfeito para suas caminhadas e observações. Viajante prudente, afeito ao ócio e ao devaneio, esse personagem mostra interesse profundo pelo espetáculo da vida urbana. Possui, por definição, extraordinária mobilidade que o faz percorrer a cidade a pé, à procura de novas sensações. É por meio dessa busca constante que o *flâneur* constrói imagens dialéticas da cidade e compõe retratos precisos dos representantes das mais diversas camadas sociais. Na crônica "A origem das greves", por exemplo, ao afirmar que "passear e pensar são verbos que se completam", João do Rio assume explicitamente seu papel de *flâneur* que deambula pelas ruas, cheio de curiosidade, observando as questões do seu tempo e refletindo a respeito delas.

Além de *flâneur*, Paulo Barreto era um dândi. O dandismo aparecia igualmente como uma nova referência diante das transformações da época e da ressignificação de antigos valores. O dândi tem maneiras refinadas, e seu figurino, sempre elegante, indica um desejo de superioridade aristocrática e de originalidade. O dândi critica acidamente a vulgarização da moda e a falta de gosto dos salões dos novos-ricos, onde móveis e ornamentos de decoração de estilos diferentes se misturam. Paulo Barreto, ao assumir a postura de dândi, tentava se distinguir, por meio de sinais exteriores, da uniformidade advinda da modernidade.

Ser *flâneur*, dândi ou adotar a personalidade de um dos seus pseudônimos dava a Barreto a possibilidade de ser múltiplo e criar uma variedade de olhares e interpretações do momento histórico que vivia. Ademais, possibilitava também que se tornasse uma espécie de mediador entre seus leitores e o que via e ouvia nos diversos universos que frequentava. Dessa maneira, suas representações elaboradas estavam longe de emitir uma opinião unívoca e normativa em relação aos temas e aos indivíduos sobre os quais escrevia.

Como testemunha do momento de intensas transformações vividas pelo Brasil no início do século XX, Paulo Barreto estava atento também aos processos sociais que deram origem a uma nova ética do trabalho e à reelaboração do conceito de ócio. A transição do trabalho compulsório para o trabalho livre impôs às classes dominantes brasileiras uma necessidade urgente de ajustar seu universo prático e também simbólico às mudanças em andamento. Com a libertação dos escravizados, não havia mais garantia do fornecimento de mão de obra. Os ex-escravizados, agora proprietários da sua força de trabalho, deveriam se transformar em trabalhadores livres dispostos a vender sua capacidade de trabalho ao capitalista empreendedor. Era preciso, então, adotar medidas para obrigar esses indivíduos a trabalhar e, ao mesmo tempo, ensinar-lhes o gosto e o desejo pelo labor. Por outro lado, era importante rever e reconstruir os valores que estabeleciam a nova ética do trabalho. O conceito de trabalho deveria perder seu caráter humilhante e degradante, característico de uma sociedade aristocrática e escravista, e transformar-se em valor positivo, pois era elemento fundamental para a implantação da ordem burguesa no país.[20]

Ademais, acreditava-se que a abolição da escravatura traria a ameaça da desorganização e da desordem social, já que os libertos não se adaptariam à vida em sociedade. A escravidão não teria dado a eles as noções de justiça, de respeito, de propriedade e de liberdade. Não sendo responsáveis por seus atos, esses libertos se tornariam ociosos e propensos a praticar os mais diversos tipos de crimes e delitos. Essa imagem atribuída pela elite brasileira aos negros e mestiços era fortemente influenciada pelas teorias do racismo científico, que ganharam força a partir das últimas décadas do século XIX e consideravam negros e miscigenados biologicamente inferiores. Assim, o suposto perigo que esses grupos representavam, com seus vícios e defeitos, não seria somente resultado de suas experiências como escravos, mas teria também origem em fatores genéticos. Para o racismo científico, a mestiçagem era entendida como uma degeneração provocada pela mistura de sangue, que produzia indivíduos física e moralmente incapazes.

Partindo desse ideário, seria preciso impedir que esses trabalhadores comprometessem a ordem estabelecida, e também conter seus vícios, que só seriam vencidos por meio da criação da obrigação e do hábito do trabalho, da repressão à ociosidade e da punição dos indivíduos que se recusassem a trabalhar. Aos ex-escravizados deveria ser ensinada a noção de que o trabalho era o valor soberano da vida em sociedade, o elemento definidor da vida "civilizada".[21] No texto "O fim do Carnaval", publicado em março de 1908 e assinado pelo pseudônimo Joe, Paulo Barreto corrobora as práticas e os discursos das classes dominantes sobre a importância do trabalho para a sociedade da época. É quarta-feira de Cinzas, último dia do Carnaval, e o narrador repreende os foliões que ainda vagam pela cidade relembrando os dias de festa. A folia terminou, todos estão cansados, o Rio de Janeiro desperta vagarosamente, bocejando. Felizmente, afirma Joe, o Carnaval acontecia em dias fixos, pois era preciso retornar ao trabalho, o "único símbolo incansável", o maior e o mais importante valor da sociedade que se quer moderna e civilizada. Caso contrário, a desordem e a confusão poderiam dominar a cidade. Ou, ainda pior, a população poderia ser rapidamente tomada pelos vícios e pela vagabundagem encorajada durante os dias de festa.

A construção de uma nova ética do trabalho no Brasil passava também pela repressão da ociosidade.[22] O ocioso era o indivíduo que não produzia nada que pudesse promover o bem da sociedade, recusando-se assim a pagar sua dívida com a comunidade. Colocando-se à margem, o ocioso representava uma ameaça contra a moral e os "bons costumes". Por esse motivo, era preciso impor sanções à vagabundagem.[23] Na crônica "A miséria cínica", ao descrever o cotidiano de um grupo de moradores de rua do Rio de Janeiro, João do Rio afirma que entre eles havia um grande número de "malandros", de "exploradores", que, por falta de "ânimo de trabalhar", escolheram o ócio e a vagabundagem como modo de vida. Nas suas palavras, a "indiferença pelo amanhã", característica desse grupo de pessoas, transformava alguns bairros da cidade em endereços onde "o cinismo do crime e a indolência alimentada" proliferavam e faziam correr a fama de que era "muito bom pedir esmola no Rio".

Entretanto, na concepção das classes dominantes, o indivíduo ocioso que tinha meios de assegurar sua subsistência não era considerado uma ameaça à ordem social. Somente a união entre vagabundagem e indigência afetaria o senso moral, levando à degeneração e à criminalidade. Consequentemente, era possível afirmar que na sociedade brasileira havia uma ociosidade negativa e uma positiva. A negativa era aquela dos mais pobres e deveria ser severamente reprimida, ao passo que a positiva era um atributo da alta sociedade.[24] Os membros desse grupo geralmente estavam ligados aos valores do passado, do tempo da escravidão, e por isso tinham dificuldade em aceitar o conceito de trabalho produtivo, utilitário, que surgiu com a sociedade industrial. Para essa aristocracia, o ócio era um comportamento aceito e até mesmo encorajado,[25] como nos revela Paulo Barreto, por intermédio de seus pseudônimos, em textos que narram a vida dos "moços bonitos" cariocas. Filhos da alta sociedade, esses jovens bem-educados, de maneiras refinadas, não eram afeitos ao trabalho e exploravam outras pessoas a fim de manter seus hábitos luxuosos.

Entre eles, o personagem Jacques Pedreira é o "moço bonito" mais citado pelo cronista, que lhe dedicou não somente um romance, publicado inicialmente na *Gazeta de Notícias* em 1910 e transformado em livro em 1911, como também duas outras crônicas na coluna Pall-Mall Rio em 1917.

As pessoas pobres, entretanto, para se integrar à nova organização socioeconômica, precisavam trabalhar. Mas a assimilação ou a negação dessa nova ética do trabalho deu-se de maneira diferente nos diversos grupos sociais. O mercado de trabalho assalariado, em formação, não conseguia absorver a grande quantidade de trabalhadores oriundos do fim da escravidão. Enquanto os patrões se beneficiavam da mão de obra abundante para diminuir o custo da força de trabalho, a população era obrigada a viver com as dificuldades de um futuro incerto, com baixos salários, longas jornadas de trabalho e competição acirrada por uma vaga de emprego formal no comércio ou na indústria. Os trabalhadores negros e pardos, economicamente ativos, eram empregados sobretudo nos serviços domésticos, nas minas, na pecuária e na agricultura, ou não tinham profissão declarada,[26] ou seja, ocupavam postos menos especializados e mais mal remunerados. Consequentemente, grande número de trabalhadores optou por exercer, temporária ou definitivamente, atividades autônomas, à margem do mercado de trabalho em formação,[27] como vemos na crônica "As barraquinhas de

Sant'Anna". Esses trabalhadores viviam na fronteira tênue entre legalidade e ilegalidade.[28]

Nas crônicas que compõem neste volume a parte "Um olhar sobre as contradições", publicadas entre 1904 e 1911 e assinadas pelos pseudônimos Joe e João do Rio, somos apresentados a alguns desses trabalhadores. Vivendo na mais absoluta pobreza, ao lado das "altas posições", esses homens e mulheres, com os "membros deformados pelo trabalho brutal", compunham a paisagem da cidade que se transformava e obrigava esses dois mundos a coexistir. Entretanto, para o cronista, havia dois tipos de miséria: "a miséria cínica, exploradora, e a miséria infinitamente triste, cujas palavras são dolorosos soluços". Em ambos os casos, esses indivíduos formavam um "exército" cosmopolita, "composto de velhos, de estropiados, de mulheres cínicas, de crianças". Tanto negros como estrangeiros das mais diferentes nações faziam parte desse grupo. Para os narradores, a presença desses tipos sociais maculava a nova cidade moderna. Ainda que se sentissem incomodados ao dividir a rua e o espaço urbano com essas pessoas, os narradores entendem que, para esses indivíduos, a mendicância aparecia como única solução diante das duras condições de vida na cidade. Pode-se pensar também no ato de pedir esmola como a solução encontrada pelos mais pobres em face da dificuldade de adaptação à nova ética do trabalho ou, ainda, como um ato de resistência ao projeto modernizador. Por outro lado, se alguns trabalhadores eram obrigados a escolher a mendicância como profissão devido à falta de opção, outros preferiam trabalhar por conta própria, sem precisar se submeter às novas regras de divisão do trabalho.

Ainda nesse conjunto de crônicas, os personagens narradores evocam a contradição entre o "apito do guarda-civil", "muito convicto, muito solene", e a ineficiência policial e dos meios de repressão ante o aumento do "número dos desgraçados" nas ruas do Rio de Janeiro. Esse contraste marca, de um lado, a adesão dos cronistas às novas normas de vigilância e de repressão exercidas pela polícia da época. Por outro, pode-se dizer que a população, ao burlar as regras, pratica atos de resistência às tentativas de controle pela força policial.

No Brasil, o mercado de trabalho assalariado em formação contava ainda com um número expressivo de imigrantes que chegaram ao país entre as décadas de 1870 e 1930. Essa imigração foi incentivada por uma política governamental que visava "branquear" a população e integrar o país à ordem mundial capitalista. A teoria do branqueamento, baseada na ideia de superioridade da raça branca, postulava que a mestiçagem constante faria desaparecer do país a raça negra, considerada inferior, aprimorando assim a população e eliminando a presença maciça de negros, que seria um dos principais entraves ao progresso nacional.[29] Nessa época, trabalhadores brancos vindos de Portugal, da Espanha, da Itália, do Líbano, da Polônia e da Alemanha instalaram-se em cidades onde muitos negros e pardos viviam suas primeiras experiências como trabalhadores livres. Concentrados em diferentes atividades, os imigrantes estavam cada vez mais presentes em diversos espaços da sociedade brasileira, dominando tanto setores mais tradicionais da economia como os novos campos de atividade que surgiam.[30]

A significativa instalação de imigrantes nas cidades redefiniu as relações sociais da época, criando uma nova forma de sociabilidade entre estrangeiros e nacionais, numa coexistência caracterizada pela condição de "outro". A visão do estrangeiro como "outro",[31] como objeto de curiosidade, de medo ou de desprezo, está profundamente enraizada na história do mundo ocidental. No cenário específico da imigração em massa para o Brasil, a aventura migratória, no seu sentido mais amplo, conheceu, apesar dos preconceitos, um desfecho que pode ser considerado de maneira geral bem-sucedido, no que diz respeito à ascensão social e à integração dos imigrantes na sociedade. Isso porque, diferentemente da visão que se tinha dos trabalhadores negros, os trabalhadores estrangeiros eram vistos como pessoas de bons hábitos, sóbrias e laboriosas,[32] dotadas das principais virtudes consagradas pela ética capitalista do trabalho.

Ainda durante os primeiros anos do século XX, negros e imigrantes passaram gradativamente a organizar-se em

Chegada de imigrantes italianos ao porto de Santos (1907)

associações de ajuda mútua ou de resistência surgidas do conflito entre a busca de melhores condições de trabalho e os interesses das elites. As greves surgem nesse contexto como movimentos de resistência e luta das classes trabalhadoras. Em 1904, Paulo Barreto, em texto assinado por João do Rio, analisa um dia de greve na cidade do Rio de Janeiro. O movimento, ou melhor, "o espetáculo" que, para o cronista, era característico da civilização, aparecia naquele momento como algo raro. A observação, a princípio frívola

Greve geral de 1917, que se iniciou em São Paulo e se espalhou para o Rio de Janeiro e Porto Alegre

e despreocupada, deixava transparecer o incômodo com essas primeiras manifestações de consciência de classe e com a demonstração simbólica de força dos trabalhadores. Tal como Paulo Barreto, pela pena dos pseudônimos x. e João do Rio, a elite brasileira se sentia ameaçada pelas supostas violência e desordem das manifestações. Desordem que anularia a legitimidade das reivindicações e justificaria a repressão das autoridades policiais. Contudo, ao entender a greve como um espetáculo, o cronista acabava desconsiderando a capacidade dos trabalhadores de se organizar e de lutar de maneira autônoma.

Em 1917, uma greve geral em São Paulo paralisou 44 mil trabalhadores, provocando reações diversas por todo o país. Paulo Barreto publica, então, por meio de seus pseudônimos, várias crônicas cujo tema central são os movimentos grevistas. Nesses textos, o escritor tenta entender não somente as origens das manifestações, como também as razões que levavam os trabalhadores a suspender seu dia de trabalho e a provocar, em certos casos, tumultos significativos nas cidades. Na crônica publicada em 6 de abril de 1918, João do Rio conversa com um "homem ilustre", que o acompanha. Inicialmente, afirma que concorda com as reivindicações dos trabalhadores, mas se mostra, ao mesmo tempo, muito chocado com quanto os manifestantes estavam influenciados por ideias e maneiras estrangeiras. Para ele, a noção de conflito no trabalho era europeia, assim como as soluções propostas para essa luta, o que distanciava o movimento do contexto e da realidade dos trabalhadores brasileiros, que não podiam nem mesmo comprar comida. A grande maioria dos grevistas, continua o "homem ilustre", era estrangeira, "agitadores", "anarquistas", "bandos e bandos" de homens que vieram para o Brasil com um único objetivo: ganhar muito dinheiro. Esses trabalhadores chegavam a um país onde tudo, a começar pelo ambiente e pelo clima, era diferente daquilo que conheciam. Ainda assim, continua ele, conseguiam impor sua visão europeia de sociedade, organizando greves que a polícia deveria reprimir. Como resultado, o Brasil não conseguia encontrar soluções para seus problemas específicos.

Essa interpretação de João do Rio mostra-nos como o cronista, ao atribuir protagonismo aos imigrantes estrangeiros nos movimentos grevistas, considerava que os trabalhadores nacionais eram manipulados pelos estrangeiros, o que desqualificava as manifestações e reforçava a ideia de que os trabalhadores nacionais seriam incapazes de se organizar.

OS BANHOS DE MAR

A esse mercado de trabalho assalariado em formação juntavam-se as discussões em torno das novas maneiras de dividir e de utilizar o tempo. Com a normatização das horas de trabalho, criou-se, também, a noção de "tempo livre", momento de descanso e de descontração fora do cotidiano exaustivo do trabalho. Surgiram novas práticas de lazer e diversão. Até o século XIX, o tempo do camponês, do artesão e do operário era poroso, permeado por imprevistos, sujeito a interrupções fortuitas ou recreativas. Esse tempo mais flexível e relativamente menos acelerado, ocupado por atividades muitas vezes inespecíficas, foi pouco a pouco substituído por um tempo calculado, determinado pela eficácia e pela produtividade. Esse tempo mensurável, que poderia ser perdido, desperdiçado, recuperado, aproveitado, foi o responsável pela reivindicação da autonomia do tempo disponível.[33] Esse "tempo livre" se transformou em um tempo social, criador de novas relações e portador de novos valores.

Na sociedade brasileira do início do século XX, esse tempo livre foi interpretado de maneira diferente pelos diversos grupos sociais presentes nas cidades. Em um contexto de valorização do trabalho, de vigilância e de imposição de regras, a criação de espaços de lazer foi pensada, sobretudo, em proveito de certos grupos privilegiados. Esses grupos passaram a associar os momentos de descanso e de diversão à necessidade de cuidado com o corpo e a alma, e ao desejo de retorno à natureza. Foram então inauguradas novas práticas, como o uso da praia e dos banhos de mar, a frequentação de estações termais, cafés e restaurantes, a participação em festas, a prática de esportes e a realização de viagens. Quase todos esses espaços e momentos de lazer estão representados nos textos de Paulo Barreto.

A crônica "Os banhos de mar", publicada em dezembro de 1903 e assinada pelo pseudônimo x., discorre sobre a nova moda de frequentar a praia. O texto evoca um dos aspectos mais admiráveis dos meses de verão, tão "inclementes, mas belíssimos": a agitação das praias durante as primeiras horas da manhã. Da praia do Caju até Copacabana, a faixa litorânea do Rio de Janeiro era coberta por uma multidão que conversava animadamente. De acordo com x., a grande maioria dos banhistas tinha medo do mar ou não gostava de nadar, mas todos saíam da cama de manhã bem cedo, os homens de camisa e bermuda, somente para flanar à beira-mar. Esse novo espaço de lazer e sociabilidade estava também associado à distinção social. Antes disso, até a metade do século XIX, as praias brasileiras eram utilizadas somente como depósito de resíduos urbanos ou como lugar de pesca e de coleta de mariscos.[34] No período das reformas urbanas, no entanto, os jovens começaram a frequentá-las, apropriando-se delas como espaços de lazer. Rapidamente, a beira-mar transformou-se em lugar de convívio onde eram praticados determinados rituais de interação, e onde se seguiam códigos de vestimenta e comportamento.

Nadar era, inicialmente, um prazer proibido às senhoras e às meninas, na medida em que os banhos de mar poderiam comprometer a imagem da mulher de "boa sociedade". As mulheres, sempre acompanhadas da mãe ou das irmãs, banhavam-se vestidas de um tipo de camisola durante as horas em que as praias estavam ainda vazias. A liberdade de mostrar o corpo era uma prerrogativa masculina, mesmo que os homens raramente deixassem o torso à mostra.[35] Entretanto, com o surgimento das práticas esportivas e a importação da moda ditada pelas estações balneárias francesas de Deauville e da Côte d'Azur, no fim do século XIX as roupas ficaram mais curtas, leves e coladas ao corpo, a fim de facilitar os mergulhos e a exposição à luz solar. É nesse momento que o sol se transforma na principal atração dos banhos de mar. Sua luminosidade passou a ser considerada fonte de beleza,[36] a tal ponto que X. declara que nas primeiras horas da manhã, "junto da água arfante, sob a chuva de prata do sol", "até a gente feia fica bonita".

Essa utilização "civilizada" da praia era corroborada ainda pelos discursos médicos que legitimavam as novas práticas de lazer. O retorno à natureza e os banhos de mar eram prescritos como terapia para a cura do corpo e da alma. Em consequência, a prática foi incorporada ao modelo de experiência corporal burguesa. Estudos científicos propunham que o corpo deveria ser educado. Somente por meio dessa

VIDA CARIOCA

O banho de mar na praia do Flamengo

Banho de mar na praia do Flamengo, em fotos na revista *Careta* (1912)

Antigo cassino de Poços de Caldas, construído em 1922

Charge tematizando a ilegalidade do jogo do bicho (1904)

educação os indivíduos seriam capazes de controlar seus sentidos e formar uma consciência moral adequada. Mulheres e crianças eram os principais alvos da medicina, preocupada em organizar e controlar suas energias corporais. Estadas à beira da praia e banhos de mar eram considerados fundamentais para dar robustez física e moral às crianças e para corrigir as doenças consideradas tipicamente femininas, como a anemia e a histeria.[37] Daí o cronista registrar, em vários momentos, a presença das mulheres nas praias, afirmando que o mar é uma grande fonte de rejuvenescimento, capaz de devolver a força mesmo aos que andavam pelas ruas "oscilando sobre as pernas bambas, e tristemente olhando para o chão, como quem vai procurando a própria sepultura". Até "os enfermos, os reumáticos, os paralíticos, os tísicos", quando "se aproximam das ondas: revivem, ganham cores, readquirem o movimento". Além dos mergulhos, acrescenta o cronista, o cheiro revigorante do mar purificaria o ar "que entra pelos pulmões numa carícia aveludada e suave". Nesse contexto, a praia converteu-se em ambiente consagrado ao desfile e à apreciação do corpo moderno, do mais belo ao mais "simiesco", que se revelava e se desnudava.

De acordo com os discursos médicos, também era aconselhável desfrutar do clima das montanhas, fazer caminhadas e todos os tipos de passeio ao ar livre. Na crônica publicada em setembro de 1903, x. faz uma dura crítica à sociedade brasileira, que muitas vezes ainda preferia "a pasmaceira da janela", e tinha a "profunda ojeriza [...] aos jardins, aos parques, ao passeio, à rua, ao movimento". Na tentativa de encorajar a população a sair de casa e a experimentar os novos espaços de sociabilidade da cidade, x. descreve os jardins públicos como "muito verdes, muito perfumados" e convida toda a população "a um passeio higiênico, a um banho de sol e de ar puro, a um exercício muscular tonificante e agradável".

Em 31 de outubro de 1906, João do Rio relata aos leitores da *Gazeta de Notícias* sua primeira experiência na cidade termal de Poços de Caldas, a "cidade de águas", outro espaço de lazer criado para o proveito das elites. Procurando, inicialmente, a cura por meio das águas e suas "propriedades minerais", rapidamente ele percebe que todos que ali se encontram compartilham um mesmo interesse: "a roleta, santa Roleta". Mesmo o personagem narrador, que se considera um homem sério, que até então tratava a roleta com indiferença e desprezo, se rende à gentileza e à delicadeza dos "*croupiers*", à possibilidade de ganho fácil e à elegância e beleza de senhores e senhoras que apostavam enormes somas de dinheiro.

Em um texto repleto de ironias, João do Rio nos revela que, em todas as estações hidrotermais do Brasil, o objetivo da grande maioria dos hóspedes não era a cura, e sim as emoções provocadas pelos cassinos. O cronista apresenta os primórdios da indústria de entretenimento, orientada para o deleite e o lazer de certos grupos sociais. A jogatina não era considerada perniciosa, mas um hábito civilizado, um "bom lazer". Contrariamente ao que vemos na crônica "Diálogo no *bond*", em relação ao jogo do bicho. Prática mais comum entre a população pobre, o bicho era considerado inimigo do trabalhador honesto, promotor do vício e da promiscuidade social. No texto, há uma aparente crítica ao jogo, naquilo que um dos personagens acredita ser um "pensamento correto" em relação às apostas, e ao papel repressor da polícia, resultando em submissão e obediência da população. Contudo, ao fazer uma aposta logo após chegar ao seu destino, o outro personagem nos revela que à postura de obediência se opunha, muitas vezes, uma atitude de resistência. Mesmo sabendo que o ato de contrariar as autoridades e as novas regras era crime grave e passível de punição,[38] o personagem resiste, conservando seus antigos hábitos e sua independência.

"CÁ ENCONTREI TODA A GENTE DAS FESTAS"[39]

As festas e festividades também aparecem na cultura da modernidade como um importante meio de evasão do cotidiano de trabalho. Por intermédio de seus pseudônimos, Paulo Barreto atribui a essas manifestações um papel social tão importante a ponto de fazer delas o tema central de diversos textos. Em alguns, elas servem unicamente de cenário, onde se desenvolvem as intrigas criadas pelos personagens. Em outros, as festas são, elas mesmas, objeto de observação e análise minuciosa. Nesse caso, as descrições são construídas com tanta precisão e riqueza de detalhes que se transformam em importantes documentos para a compreensão dos diversos significados que uma mesma festa pode assumir para diferentes grupos sociais, sem que sejam ignoradas as tensões subjacentes a essas manifestações.

Ao escrever sobre a Semana Santa, João do Rio lamenta que a antiga "semana da Dor" tenha se transformado, em 1910, em uma festa "preparativa de Carnaval". Entretanto, de acordo com o cronista, a perda do caráter religioso da festa não estava ligada à diminuição da fé católica no Brasil, e sim, sobretudo, a um vazio que fazia com que "os namorados, as namoradas", "os bandos nas ruas" se aproveitassem da "peregrinação às igrejas", para passear como em um final de semana comum. Em 1912, nas linhas assinadas pelo pseudônimo Paulo José, a reclamação era que o Rio de Janeiro nunca tivera "uma Semana Santa tão pouco Semana Santa" como a que findava no dia 6 de abril. A cidade não apresentava mais o "aspecto característico, especial" dessa época do ano. Ninguém mais se vestia de preto, somente dois senhores distintos cuja escolha em sair de terno preto não era ditada pela tradição, e sim pela distinção. Diante da "pândega" e da "porneia" em que a Semana Santa havia se transformado, o personagem narrador expressa sua nostalgia e lamenta o desaparecimento do ambiente de recolhimento, de sacrifício e do rigor que desaparecia juntamente com a antiga cidade.

Mesmo as comemorações do Natal, que supostamente possuíam um caráter mais abrangente, são descritas de maneiras diversas ou mesmo contrastantes. Enquanto no domingo a festa se fazia no interior da casa burguesa, aos cuidados da mãe, na terça-feira, véspera de Natal, era transferida para um "*restaurant* da moda" de "lamentável [...] deselegância". No sábado, era nos salões que a multidão se agitava. Quando realizadas no seio da família, "no salão tão aristocraticamente cuidado", as comemorações do Natal, descritas pelo pseudônimo Joe, seguiam os princípios civilizadores assumidos pela burguesia: no contexto familiar, estabeleceu-se o modelo ideal de mulher, que era legitimado pela Igreja, defendido pelos juristas, pelos discursos médicos e amplamente divulgado pela imprensa. A representação do comportamento feminino ideal limitava o horizonte das mulheres ao interior da casa, reduzindo suas atividades e aspirações ao triplo papel de mãe, esposa e dona de casa. Cabia à mulher construir um ambiente familiar sólido e acolhedor, dedicando-se ao marido e aos filhos, sem ter a obrigação de exercer um trabalho produtivo fora de casa. Era preciso garantir a educação da prole, assumindo o papel de "mãe cívica"[40] que prepararia o futuro cidadão da pátria nos aspectos físicos, morais e intelectuais. Ao comparar o comportamento da mãe de família ao de Nossa Senhora, Joe reforçava as virtudes da mãe idealizada que cuidava dos filhos e os educava com "um transbordamento de ternura" capaz de emocionar todos os convivas.

A festa que se estendia para os restaurantes e salões da cidade mostrava como se diverte "a gente de bom gosto" em seus espaços de lazer e de sociabilidade. Se até meados do século XIX o cotidiano da elite estava mais limitado ao espaço privado da casa, com o advento da modernidade homens e mulheres — estas sempre acompanhadas do marido ou dos pais — começaram a sair das salas de estar e sacadas para ganhar as ruas da cidade, exibindo-se em público e experimentando novas sensações. A vida moderna transformou o cotidiano das cidades em espetáculo, ao incorporar fachadas brilhantes, decorações e apresentações espetaculares. Para a elite, levar a vida em grande estilo era o mais importante em todas as cidades do mundo consideradas civilizadas,[41] inclusive no Rio de Janeiro. As revistas mundanas e os cronistas da grande imprensa incitavam a população a sair às ruas e a participar do desfile de moda da "avenida Central" (atual avenida Rio Branco), no qual os homens vestiam ternos ingleses e as mulheres exibiam as últimas extravagâncias em tecidos, cortes e chapéus franceses. Nesse espaço público a miséria não tinha vez. Os olhares estavam voltados para as pessoas bem-vestidas, para os automóveis de luxo. Nas ruas da cidade, pedestres, motoristas, carros, bondes, bengalas e vestidos compunham uma paisagem em que damas e cavalheiros, entregues à fascinação do moderno, faziam acontecer o seu projeto de República.[42] Paulo Barreto, por intermédio de José Antonio José, chamava esses homens e mulheres de "encantadores":

> — Todas as cidades têm apenas um pequeno grupo conhecido. Mesmo em Londres, em Viena, em Paris, acabamos reconhecendo que não há mais de trezentas pessoas citadas e citáveis. Aqui Bilac chamou-os: os trezentos de Gedeão. Há uma outra denominação talvez preciosa, mas que eles próprios se dão. São os encantadores...
>
> — Encantadores, por quê?
>
> — Pela delicadeza de maneiras, pela segurança de só quererem ser amáveis e gentis, pela continuidade de mostrar na vida apenas o lado frívolo, brilhante, pelo heroísmo sem esforço de manter a sociedade e o convívio elegante. Encantadores! São os encantadores.[43]

Oriundo da nova burguesia capitalista, o grupo dos "encantadores" era formado por comerciantes, banqueiros, industriais, rentistas, profissionais liberais, proprietários de terras e certos homens políticos. Mergulhados no turbilhão da vida moderna e em frivolidades, esses homens e mulheres buscavam viver sua época intensamente. Eram os responsáveis por manter as festas elegantes, a rotina de chás e teatros, e pela divulgação da moda, das artes e da literatura europeias. Para os "encantadores", quanto mais o Rio de Janeiro se parecesse com Paris ou Londres, mais civilizado seria. O desejo dessas pessoas era afirmar sua superioridade e diferenciar-se das classes média e baixa, exibindo maneiras de vestir-se, comportamentos e gestos espelhados nos costumes europeus.

Em diversos textos, Paulo Barreto, por meio de seus pseudônimos, comentou a moda masculina e feminina que, à época, invadia as ruas das cidades brasileiras. A descrição do estilo "mais elegante, mais londrino, mais admirável" dos homens dividia espaço com os figurinos de damas da alta sociedade e com a observação atenta das últimas tendências no que dizia respeito a penteados e chapéus. Por outro lado, Paulo Barreto por vezes revelava o desconforto causado pelos figurinos que não se adaptavam a todas as pessoas e ambientes. Na crônica publicada em 27 de maio de 1916 e assinada por José Antonio José, o personagem narrador afirma que, em se tratando da escolha dos trajes, os homens e as mulheres deveriam seguir o princípio de que existia uma roupa adequada para cada ocasião. Dessa maneira, era fundamental para os "encantadores", se quisessem continuar chiques e

Na revista *Fon-Fon*, moda masculina no início do século xx

elegantes, fazer a distinção entre "o traje de andar por casa, o de andar pela rua, e o de diversas solenidades". As damas e os cavalheiros que não seguissem essa regra corriam o risco de parecer ridículos. No entanto, para a consternação de José Antonio José, era muito fácil encontrar pelas ruas da capital pessoas misturando todos os estilos de vestimenta. O desejo de chamar atenção fazia homens e mulheres sucumbirem ao excesso. A utilização desmedida de cores — o bom gosto preconizava o uso do branco para o verão e tons escuros para o inverno —, a mistura de tecidos, a utilização de diferentes acessórios chamativos e com brilho, nada disso poderia ser admitido durante o dia, para um simples passeio na "avenida Central" ou em um chá da tarde. Para José Antonio José, em nenhum outro lugar do mundo homens e mulheres se vestiam tão mal como no Brasil.

A ostentação e a extravagância sem medidas também foram assinaladas nas crônicas "Penteados", publicada em 1916, e "O capítulo dos chapéus no teatro", de 1908, assinadas pelos pseudônimos José Antonio José e João do Rio, respectivamente. A ironia dos textos realça as contradições entre o afã dos mais abastados de parecerem elegantes e a realidade do cotidiano do resto da população da cidade. Assim, ao descreverem uma variedade de cenários e formas de sociabilidade dos mais abastados, os textos expressam, de um lado, simpatia por esse universo de frivolidades, mas revelam, também, com

Mulheres da alta sociedade carioca em festejos da Exposição Nacional de 1908.
Foto: Augusto Malta

Exemplo de chapéu exuberante, em voga no início do século xx

fina ironia, incômodo e rejeição, como se pode ver na crônica "Impertinências de um professor de *chic*".

Mesmo quando o mundo, entre 1914 e 1917, estava entregue às batalhas da Primeira Guerra Mundial, o cotidiano da vida elegante não foi concretamente abalado, como se pode constatar nas crônicas dedicadas ao tema. O conflito invadia as rodas de conversa e mexia com os ânimos do "patriotismo europeu" dos brasileiros, mas estava confortavelmente distante: a guerra era mais um motivo para a organização de eventos sociais a que acorriam as ilustres damas e os ilustres cavalheiros da alta sociedade. Nesse momento, as festas de caridade em benefício da Cruz Vermelha, por exemplo, se multiplicaram pelo país. Os jovens endinheirados continuavam a passar o tempo cuidando da aparência, frequentando chás, flertando, dirigindo seu carro em alta velocidade, divertindo-se em bailes. A guerra só se transformou em preocupação quando certos produtos de consumo, importados de Paris, começaram a faltar no mercado brasileiro. Nessas crônicas, assinadas pelo pseudônimo Joe, os personagens reclamam da maneira como, desde o início do conflito europeu, a moda não se renovava mais. Para Joe, era inadmissível que a moda se repetisse "tal qual como em março, tal qual como em julho, tal qual como em dezembro!". Um absurdo imaginar "uma rapariga em 1915 vestida como em 1914!".

ENQUANTO ISSO, OS TRABALHADORES...

Se os "elegantes" passaram a aproveitar o "tempo livre", a maior parte da população tinha poucas opções e espaços de lazer. Durante os primeiros anos do século XX, o divertimento das classes trabalhadoras estava ligado, principalmente, às associações carnavalescas e aos clubes dançantes. Esses espaços, destinados aos segmentos menos favorecidos,[44] eram representativos de uma cultura popular autônoma e criativa que, a despeito das exigências do projeto modernizador, conseguia manter os próprios valores e padrões de comportamento.

Na crônica "Afoxé", publicada na *Gazeta de Notícias* em março de 1905, João do Rio apresenta aos leitores o Carnaval africano. Com riqueza de detalhes, o texto descreve as cores, os odores e os sons que invadiam a cidade durante os três dias de festa. Mais especificamente, a crônica narra o desfile do cordão Rosa Branca: grupo formado por negros e pardos que habitavam os bairros pobres do Rio de Janeiro. Com fantasias variadas, homens e mulheres seguiam o Carnaval a pé, acompanhados de instrumentos de percussão, enquanto um ou dois dançarinos fantasiados entoavam pequenos poemas musicais, seguidos pela multidão, que repetia os últimos versos. Os cordões eram associações muito organizadas, com uma estrutura hierárquica bem definida e um estatuto que determinava os objetivos, os meios e as regras de funcionamento durante o Carnaval.[45] Como mostra João do Rio, entre os homens que participavam dos cordões havia "uma porção de cargos" e "pequenos avisos moralizadores", e "proibições" preenchiam as paredes da casa onde se reuniam. Neles se lia que "durante o ensaio do cordão" era "proibido fumar", "proibido conversar com as damas" e "proibido beber". Porém, aos olhos do personagem narrador, a organização e o respeito à instituição eram relativos e eram seguidos até antes "das dez". Depois disso, passavam a reinar a desordem e a desorganização que eram a marca do país, especialmente durante a folia de Momo.

Mesmo que curioso e atraído pelo Carnaval popular, a ponto de não negar o convite feito por seu interlocutor para "conhecê-lo por completo", João do Rio reproduz o discurso das classes dominantes, que criticavam os cordões, associando-os à violência e à promiscuidade. Normalmente, os cordões não diferiam muito dos outros grupos carnavalescos nascidos nos bairros ricos, designados de "sociedades" ou "associações". João do Rio mostra inclusive a diversidade e a heterogeneidade desses cordões, que contavam, entre seus integrantes, com jovens acadêmicos e membros da alta sociedade carioca, "os brancos" que saíam "no préstito com a cara pintada de preto". Contudo, a presença de um número importante de negros nos cordões despertava um sentimento de insegurança nas elites cariocas, principalmente nas ocasiões em que esses homens saíam à rua de maneira organizada. Como um dos poucos espaços populares de divertimento, os cordões eram fortemente controlados e vigiados pelas autoridades. A insegurança vinha da incompreensão dos diversos significados do Carnaval popular, ligada à escolha das fantasias e à presença de animais nos desfiles, por exemplo, pois muitas vezes eram representativos de práticas das religiões afro-brasileiras, professadas por grande parte dos membros dos cordões.

Em crônica publicada em 1908, o pseudônimo Joe retoma a temática do Carnaval do Rio de Janeiro. A festa seria propícia a se cometerem "todas as loucuras e rir e folgar e ser alegre", um grande momento de alívio, "de um 'uff' colossal", para a população que vivia na "prisão da convenção social" e que não podia "ter um movimento sem que esse movimento" não fosse "espiado e notado e acentuado e censurado por milhares de olhos". Ao contrário de João do Rio, Joe afirma preferir o Carnaval dos cordões àquele "elegante com fatos de seda" e "complicações de bailes ultraperfeitos". Para ele, essa manifestação do Carnaval seria a única que representaria verdadeiramente a festa e traria alegria à cidade, que passava triste o restante do mês "porque tinha a preocupação das economias das roupas de fantasia". Na lógica de construção do texto, no entanto, o personagem narrador utiliza os mesmos adjetivos

CARETA

CARNAVAL

I — Chut! II — O automovel de Pierrot. III — Trindade tentadora. IV — A familia feliz. V — Ciganas. VI — Aspecto da Avenida Rio Branco.

Cenas do Carnaval no centro do Rio de Janeiro na revista *Careta* de 8 de fevereiro de 1913

depreciativos para descrever os cordões. Essa contradição revela as ambiguidades de Barreto em relação às manifestações culturais populares. Atração e fascinação misturam-se a certa repulsa, expressas por meio dos pseudônimos.

UMA NOTÍCIA DESOLADORAMENTE TRISTE

Paulo Barreto registrou, no conjunto de sua obra, os mais diversos acontecimentos e costumes de seu tempo. Atento às diferentes situações e personagens, foi um dos mais sagazes observadores do processo de modernização no Brasil. Esse processo, excludente, autoritário e pleno de contradições, modificou significativamente aspectos físicos e simbólicos do país, mas sem alterar de fato suas relações sociais. Diante dessas transformações, o cronista, ele também contraditório, assumiu uma postura que oscilava entre atração e rejeição. Essa oscilação muitas vezes o levava a reproduzir os discursos da elite e das autoridades. Em diversas ocasiões, atribuiu uma imagem negativa às tradições e manifestações culturais da população, associando-as à barbárie. Por outro lado, podia também ser tomado pela nostalgia e pelo temor de estar presenciando a destruição de todo um universo cultural tradicional, descrevendo com ironia o projeto civilizador das classes dominantes.

Embora fosse alvo constante de críticas dos escritores de jornais e revistas concorrentes, a obra de Paulo Barreto foi sempre bem recebida pelo público leitor da época, até o ano de 1921, quando morreu subitamente, de um ataque do coração, dentro de um táxi, saindo da redação do jornal em que trabalhava. No dia 24 de junho, a *Gazeta de Notícias* traz, em suas páginas, com tristeza e pesar, a "notícia brutal": "Morreu João do Rio". Nos dias subsequentes, a imprensa relatou longamente seu funeral, que durou quatro dias. Uma multidão formada por membros de todas as classes sociais acompanhou o cortejo até o último adeus. Dias depois, em 2 de julho, o jornalista e escritor português Carlos Malheiro Dias publicou na *Revista da Semana* uma carta em homenagem ao colega: "Descansa, enfim, esse seu coração agitado, que tão depressa gastaste e que estalou de dor e de fadiga [...]. Dorme em paz, sonhador! Tudo é transitório na terra, menos os belos sonhos".

NOTAS

APRESENTAÇÃO (P. 9-12)

1 De acordo com o biógrafo Raimundo Magalhães Júnior, na obra *A vida vertiginosa de João do Rio*, algumas fontes registram o nome do cronista como João Paulo Emílio Cristóvão dos Santos Coelho Barreto. Contudo, nos atos de sua vida pública é a alcunha Paulo Barreto que aparece regularmente. A partir de 1905, o nome João Paulo Alberto Coelho Barreto passa a constar na maioria dos seus contratos editoriais.

2 João Carlos Rodrigues, *João do Rio: vida paixão e obra*, p. 121-22.

3 Ibidem.

4 João do Rio, *Psychologia urbana*, p. 185-226.

5 João Carlos Rodrigues, loc. cit.

6 Embora tenha sido feita uma leitura sistemática de várias coletâneas de textos de Paulo Barreto e de seus pseudônimos, a fim de garantir o ineditismo desta coletânea, não está completamente excluída a possibilidade de que algumas das crônicas aqui selecionadas constem de outras antologias.

O FIM DO MAXIXE (P. 13-188)

1 João do Rio, *Psychologia urbana*, p. 167.

2 João do Rio, *Vida vertiginosa*, p. 5.

3 Max Nordau (1849-1923): médico, ativista sionista e cofundador da Organização Sionista Mundial.

4 António Pereira Cândido de Figueiredo (1846-1925): filólogo, gramático, lexicógrafo e escritor português; Carlos Maximiliano Pimenta de Laet (1847-1927): jornalista, professor e poeta brasileiro.

5 Atração principal.

6 Forma de entretenimento teatral muito popular entre o fim do século XIX e o início do XX, que contava com números musicais, esquetes de humor e participações especiais.

7 Varandas.

8 Pseudônimo da escritora carioca Emília Moncorvo Bandeira de Melo (1852-1910).

9 Declamadoras.

10 Prostitutas de luxo.

11 Literalmente, "império". No caso, modelo de chapéu.

12 "Meu querido amigo".

13 "Essa é a questão".

14 Elegante.

15 Moderna.

16 Museu Pedagógico Nacional, fundado em 1890 na cidade do Rio de Janeiro.

17 Quebrado, enguiçado.

18 Heráclito de Alencastro Pereira da Graça (1837-1914): advogado, político e escritor brasileiro, segundo ocupante da cadeira 30 da Academia Brasileira de Letras.

19 Na mitologia romana, é o deus da transformação e o mediador das preces humanas.

20 Famosa tapeçaria real francesa.

21 Pseudônimo de Louis Marie-Julien Viaud (1850-1923), oficial da Marinha francesa e escritor.

22 Mania, desejo ardente.

23 “Onde as pessoas se divertem”.

24 Pepa Ruiz (1859-1923): espanhola radicada no Rio de Janeiro, foi a primeira grande vedete do teatro de revista do Brasil.

25 Céline Émilie Seurre (1873-1966), conhecida como Cécile Sorel: atriz cômica francesa famosa por suas roupas extravagantes.

26 João do Rio, *Adiante!*, p. 38.

27 Na mitologia grega, a personificação da alvorada.

28 Fábio Lopes dos Santos Luz (1864-1938): médico higienista e sanitarista, professor, escritor e abolicionista brasileiro, membro da Academia Carioca de Letras.

29 Miguel Calmon Du Pin e Almeida (1879-1935): engenheiro e político brasileiro, foi ministro da Viação e Obras Públicas e da Agricultura, Indústria e Comércio nas primeiras décadas da República.

30 “Dois países”.

31 Grafia antiga para Canaã.

32 Confederação Geral do Trabalho (Confédération Générale du Travail), associação sindical francesa criada em 1895.

33 Johann Kaspar Schmidt (1806-56), conhecido como Max Stirner: filósofo alemão que tratou principalmente da noção hegeliana de alienação social e autoconsciência.

34 James Clerk Maxwell (1831-79): físico e matemático escocês.

35 Venceslau Brás Pereira Gomes (1868-1966): empresário, advogado e político brasileiro, foi presidente do Brasil entre 1914 e 1918.

36 John Locke (1632-1704): filósofo empirista inglês conhecido como o "pai do liberalismo".

37 Rei de Pilos, o mais velho dos príncipes gregos que sitiaram Troia.

38 Na mitologia grega, Térsites lutou pelos gregos na Guerra de Troia e foi morto por Aquiles.

39 João do Rio, *A correspondência de uma estação de cura*, p. 211.

40 De acordo com a mitologia grega, Afrodite, a deusa do amor e da beleza, nasceu das ondas do mar perto da costa de Chipre, na região de Pafos.

41 "Eu o felicito".

42 Cavalinhos.

43 Festeiro.

44 *Repoussé* é uma técnica de acabamento de metais que se caracteriza por "fortes golpes vindos de dentro", que traduz o resto da frase. Eugène Anatole Carrière (1849-1906) foi um artista simbolista francês, amigo próximo de Auguste Rodin. Sua obra possivelmente influenciou o Período Azul de Pablo Picasso.

45 Hoje conhecido como *cotton candy*, "algodão-doce".

46 Restaurante no bairro de Montmartre, em Paris.

47 Restaurante no Bois de Boulogne, em Paris, muito conhecido na Belle Époque.

48 É a canção "que esguicha"! É o maxixe. Não existe "*esguiche*" em francês; trata-se de rima com propósito cômico.

49 Estilo de dança tradicional afro-americana.

50 Pietro Mascagni (1863-1945): compositor italiano conhecido principalmente por suas óperas.

51 Eugénie Buffet (1866-1934): cantora francesa.

52 Leolinda Figueiredo Daltro (1859-1935): professora, sufragista e indigenista brasileira que lutou pela autonomia das mulheres.

53 Charles Marie René Leconte de Lisle (1818-94): poeta e intelectual francês.

54 Musa da dança na mitologia grega.

55 Feitos mágicos.

56 O *aú* é um dos movimentos da capoeira.

57 Os *ogans* são mestres respeitados nos terreiros, pela importância de sua posição e pelos conhecimentos litúrgicos adquiridos em sua trajetória religiosa.

58 Território localizado na atual Nigéria (Império de Oió).

59 Antiga coleção indiana de hinos em sânscrito védico.

60 Cadeira de balanço.

61 Manto miraculoso da deusa fenícia Tanit. Por extensão, véu de grande valor.

62 "Coisas povoando a noite de sua alma nebulosa/ Lembranças furtivas perfumando de felicidade..."

63 Cortesã, dona de prostíbulos na cidade do Rio de Janeiro.

64 Alfredo Pinto Vieira de Melo (1863-1923): jurista brasileiro.

65 Na íntegra, inteiro.

66 Estreias.

67 Flerte.

68 Indivíduo que viaja frequentemente para muitos países diferentes.

69 Mercados do norte da África e do Oriente Médio.

70 Bois de Boulogne.

71 Cidade-Luz.

72 "O riso é hediondo".

73 Cidade da Fenícia, situada na costa do mar Mediterrâneo.

74 Partidas, arranques.

75 "Estou cansada! Ah! Deus! Impossível mais! Estou cansada".

76 Parte desta crônica foi publicada na *Revista da Semana*, em 29 de abril de 1916, assinada com o pseudônimo Joe. Ela aparece na obra *Crônicas efêmeras*, organizada por Níobe Abreu Peixoto (São Paulo: Ateliê Editorial, 2001).

77 João do Rio, *Psychologia urbana*, p. 86.

78 Casa de moda elegante situada na rua do Ouvidor, no Rio de Janeiro.

79 Anísio Auto de Abreu (1864-1909): jornalista, escritor e político brasileiro durante a Primeira República.

80 Raimundo Teixeira Mendes (1855-1927): filósofo e matemático brasileiro, idealizador da bandeira nacional republicana.

81 Temporada, estação.

82 Filha mais velha do presidente Theodore Roosevelt e Alice Hathaway Lee Roosevelt, casou-se em 1906 com Nicholas Longworth, membro da Câmara dos Representantes dos Estados Unidos.

83 Referência ao ateliê Perrin, fundado em Saint-Julien, na França, em 1893, e à loja de departamentos Samaritaine.

84 Congregação fundada para promover a educação das meninas da alta sociedade carioca.

85 Porte.

86 Henrique Maximiano Coelho Netto (1864-1934): cronista, contista, folclorista, romancista, crítico, teatrólogo, político e professor brasileiro, membro da Academia Brasileira de Letras.

87 Salomon Reinach (1858-1932): historiador e arqueólogo francês, especialista em história das religiões. James George Frazer (1854--1941): antropólogo pioneiro dos estudos modernos de mitologia e religião comparada.

88 José Gomes Pinheiro Machado (1851-1915): um dos políticos mais influentes da República Velha brasileira, símbolo da "política dos governadores".

89 Roupões (*robes de chambre*).

90 George Bryan "Beau" Brummell (1778-1840): ícone da moda masculina na Inglaterra da Regência.

91 Referência a Sarah Bernhardt, nome artístico de Henriette-Rosine Bernard (1844-1923): atriz francesa, referência nos palcos franceses no final do século XIX e no começo do século XX.

92 Referência ao Museu d'Orsay, em Paris.

93 Achado, invenção.

94 Capital do reino da Assíria, à margem esquerda do rio Tigre, na antiga Mesopotâmia.

95 Gabrielle Réjane (1856-1920): atriz francesa, fez sua primeira turnê no Brasil em 1902, apresentando-se no Teatro Lírico do Rio de Janeiro e no Teatro Santana de São Paulo.

96 Jules Amédée Barbey d'Aurevilly (1808-89): romancista e contista francês.

97 Júlio Dantas (1876-1962): escritor, médico, político e diplomata português. Manteve relações estreitas com o Brasil.

98 Na mitologia romana, é filha de Júpiter com Ceres, considerada uma das mais belas deusas de Roma.

99 Eleonora Duse (1858-1924): atriz italiana.

100 Cordilheira da região de Atenas.

101 João do Rio, *Os dias passam...*, p. 335.

102 Imperador romano entre 218 e 222.

103 Hotéis vagabundos.

104 Jogadores de pelota basca.

105 "Veja você".

106 Pierre Alexis, visconde de Ponson du Terrail (1829-71): escritor francês, hoje lembrado por seu personagem Rocambole.

107 João do Rio, *Adiante!*, p. 121.

108 "Antes da guerra".

109 Restaurante Assyrio, localizado em salão no subsolo do Theatro Municipal do Rio de Janeiro.

110 Alexandre Gasparoni (1866-1919): um dos diretores da revista *Fon-Fon*, criada no Rio de Janeiro, que circulou entre 1907 e 1958.

111 Cavalheiros.

POSFÁCIO (P. 191-249)

1 Jeffrey Needell, *Belle Époque tropical*, p. 20.

2 Nicolau Sevcenko, "O prelúdio republicano, astúcias da ordem e ilusões do progresso". In Nicolau Sevcenko e Fernando Novais A. (org.), *História da vida privada no Brasil: República: da Belle Époque à Era do Rádio*, p. 20-21.

3 Renato Cordeiro Gomes, *Todas as cidades, a cidade: literatura e experiência urbana*, p. 104.

4 Sidney Chalhoub, *Trabalho, lar e botequim*, p. 135.

5 Ibidem, p. 133.

6 Ibidem, p. 48.

7 Edmundo Bouças, "Mascaramentos da cidade: poses da modernização". In Rogério Lima e Ronaldo Costa Fernandes, *O imaginário da cidade*, p. 140.

8 Jeffrey Needell, *Belle Époque tropical*, p. 57.

9 Gabriela dos Reis Sampaio, *A história do feiticeiro Juca Rosa*.

10 João Carlos Rodrigues, *João do Rio: vida, paixão e obra*, p. 9-10.

11 João do Rio, *Crônicas e frases de Godofredo de Alencar*, p. 126.

12 Sidney Chalhoub; Margarida de Souza Neves; Leonardo Pereira, *História em cousas miúdas*, p. 13.

13 Ibidem, p. 13-14.

14 Nestor Vítor, *Obra crítica*, v. 1, p. 382.

15 Raimundo Magalhães Júnior, *A vida vertiginosa de João do Rio*, p. 11.

16 João Carlos Rodrigues, *Histórias da gente alegre: contos, crônicas e reportagens da Belle Époque carioca*, p. 17.

17 João do Rio, "O sono da miséria". *Gazeta de Notícias*, Rio de Janeiro, 10 jun. 1904.

18 José Antonio José, *Pall-Mall Rio*, p. 278.

19 Renato Cordeiro Gomes, *João do Rio: vielas do vício, ruas da graça*, p. 13.

20 Sidney Chalhoub, *Trabalho, lar e botequim*, p. 64-65.

21 Ibidem, p. 66-71.

22 Ibidem, p. 75.

23 Ibidem, loc. cit.

24 Ibidem, loc. cit.

25 Carmen Lúcia Tindó Secco, *Morte e prazer em João do Rio*, p. 34.

26 Sidney Chalhoub, op. cit., p. 81.

27 Ibidem, p. 66-112.

28 José Murilo de Carvalho, *Os bestializados*, p. 17.

29 Sidney Chalhoub, op. cit., p. 113.

30 Lená Medeiros de Menezes, *Os indesejáveis: desclassificados da modernidade*, p. 61.

31 Boris Fausto, "Imigração: cortes e continuidades". In Lilia Moritz Schwarcz e Fernando A. Novais (org.), *História da vida privada no Brasil: contrastes da intimidade contemporânea*, p. 20.

32 José de Souza Martins, *O cativeiro da terra*, p. 130.

33 Alain Corbin, *L'Avènement des loisirs* (1850-1960), p. 10.

34 Cláudia de Oliveira, "A iconografia do moderno: a representação da vida urbana". In Cláudia de Oliveira; Monica Pimenta Velloso; Vera

Lins, *O moderno em revistas: representações do Rio de Janeiro de 1890 a 1930*, p. 196.

35 Ibidem, p. 197.

36 Georges Vigarello, "Sport et corps, fin de siècle". In Gilles Pronovost; Claudine Attias-Donfut; Nicole Samuel (org.), *Temps libre et modernité*, p. 327.

37 Helena Cristina F. Machado, "A construção social da praia". *Sociedade e Cultura 1, Cadernos do Noroeste*, série Sociologia, 2000, v. 13, p. 201-18.

38 Luiz Edmundo, *O Rio do meu tempo*, p. 62.

39 João do Rio, *A correspondência de uma estação de cura*, p. 23.

40 Margareth Rago, "Trabalho feminino e sexualidade". In: Mary del Priore (org.), *História das mulheres no Brasil*, p. 592.

41 Marshall Berman, *Tudo que é solido desmancha no ar*, p. 24.

42 Júlia O'Donnell, *De olho na rua: a cidade de João do Rio*, p. 60.

43 José Antonio José, *Pall-Mall Rio*, p. 20.

44 Leonardo Affonso de Miranda Pereira, "E o Rio dançou: identidades e tensões nos clubes recreativos cariocas (1912-1922)". In Maria Clementina Pereira Cunha (org.). *Carnavais e outras f(r)estas*, p. 420.

45 Maria Clementina Pereira Cunha, *Ecos da folia: uma história social do Carnaval carioca entre 1880 e 1920*, p. 297.

FONTES E BIBLIOGRAFIA

FONTES

Todas as crônicas selecionadas foram transcritas de periódicos depositados na Hemeroteca Digital da Biblioteca Nacional. São eles:

A Notícia: 26 mar. 1910; 6 ago. 1911; 12 nov. 1911

A Rua: 26 nov. 1915

Gazeta de Notícias: 28 set. 1903; 5 out. 1903; 24 dez. 1903; 11 jan. 1904; 27 maio 1904; 2 mar. 1905; 10 jun. 1905; 31 out. 1906; 11 jan. 1907; 6 out. 1907; 29 dez. 1907; 1.º mar. 1908; 8 mar. 1908; 21 jul. 1908; 6 set. 1908; 8 out. 1911; 29 out. 1911; 6 abr. 1912; 20 mar. 1914; 30 mar. 1914; 16 abr. 1914; 11 ago. 1914; 2 dez. 1914

O Paiz: 28 jul. 1917; 6 abr. 1918

Revista da Semana: 27 maio 1916; 23 set. 1916

OBRAS PUBLICADAS POR PAULO BARRETO

José, José Antonio. *Pall-Mall Rio: inverno mundano de 1916*. Rio de Janeiro: Villas-Boas & C., 1917.

Rio, João do. *A alma encantadora das ruas*. São Paulo: Companhia das Letras, 2008 [1908].

________. *A correspondência de uma estação de cura*. São Paulo: Scipione, 1992 [1918].

________. *A mulher e os espelhos*. Rio de Janeiro: Secretaria Municipal de Cultura, 1995 [1919].

________. *Adiante!* Rio de Janeiro: Livraria Francisco Alves, 1919.

________. *A profissão de Jacques Pedreira*. São Paulo: Scipione, 1992 [1911].

________. *As religiões no Rio*. Rio de Janeiro: Edição da Organização Simões, 1951 [1906].

________. *Cinematographo*. Porto: Livraria Chardron, 1909.

________. *Crônicas e frases de Godofredo de Alencar*. Rio de Janeiro: Villas--Boas & C., 1916.

________. *Dentro da noite*. Rio de Janeiro: Fundação Biblioteca Nacional; Departamento do Livro, [s.d.] [1910].

________. *Na Conferência da Paz*. Rio de Janeiro: Villas-Boas & C., 1919.

________. *O momento literário*. Curitiba: Criar Edições, 2006 [1907].

________. *Os dias passam...* Porto: Livraria Chardron, 1912.

________. *Psychologia urbana*. Rio de Janeiro: Garnier Livreiro e Editor, 1911.

________. *Vida vertiginosa*. São Paulo: Martins Fontes, 2006 [1911].

ANTOLOGIAS E OBRAS SOBRE JOÃO DO RIO/PAULO BARRETO

Antelo, Raul. *João do Rio: o dândi e a especulação*. Rio de Janeiro: Livraria Taurus; Timbre Editores, 1989.

Beting, Graziella (org.). *Coleção João do Rio: crônica, folhetim e teatro*. São Paulo: Carambaia, 2015.

Bouças, Edmundo; Góes, Fred (org.). *Melhores crônicas: João do Rio*. São Paulo: Global, 2009.

Camilotti, Virgínia Célia. *João do Rio: ideias sem lugar*. Uberlândia: Editora da UFU, 2008.

Candido, Antonio. *A crônica: o gênero, sua fixação e suas transformações no Brasil*. Campinas: Editora da Unicamp, 1992.

Gomes, Renato Cordeiro. *João do Rio: vielas do vício, ruas da graça*. Rio de Janeiro: Relume-Dumará, 1996.

Magalhães Júnior, Raimundo. *A vida vertiginosa de João do Rio*. Rio de Janeiro: Civilização Brasileira, 1978.

O'Donnell, Júlia. *De olho na rua: a cidade de João do Rio*. Rio de Janeiro: Zahar, 2008.

Peixoto, Níobe Abreu. *Paulo (João do Rio): crônicas efêmeras: João do Rio na Revista da Semana*. São Paulo: Ateliê Editorial, 2001.

Rodrigues, Antônio Edmilson Martins. *João do Rio: a cidade e o poeta — o olhar de flâneur na Belle Époque tropical*. Rio de Janeiro: Editora da FGV, 2000.

Rodrigues, João Carlos. *Histórias da gente alegre: contos, crônicas e reportagens da Belle Époque carioca*. Rio de Janeiro: José Olympio, 1981.

________. *Catálogo bibliográfico (1899-1821)*. Rio de Janeiro: Secretaria Municipal de Cultura; Departamento Geral de Documentação e Informação Cultural; Divisão de Editoração, 1994.

________. *João do Rio: vida, paixão e obra*. Rio de Janeiro: Civilização Brasileira, 2010.

Schapochnik, Nelson (org.). *João do Rio: um dândi na Cafelândia*. São Paulo: Boitempo, 2004.

Secco, Carmen Lúcia Tindó. *Morte e prazer em João do Rio*. Rio de Janeiro: Francisco Alves; Instituto Estadual do Livro, 1978.

BIBLIOGRAFIA GERAL

Ariès, Philippe; Duby, Georges (org.). *Histoire de la vie privée: de la Révolution à la Grande Guerre*. Paris: Editions du Seuil, 1999. v. 4.

Berman, Marshall. *Tudo que é sólido desmancha no ar*. Trad. Carlos Felipe Moisés e Ana Maria L. Ioriatti. São Paulo: Companhia das Letras, 2007.

Bonadio, Maria Claudia; Mattos, Maria de Fátima da Silva Costa G. de (org.). *História e cultura da moda*. São Paulo: Estação das Letras e Cores, 2011.

Candido, Antonio et al. *A personagem de ficção*. São Paulo: Perspectiva, 2007.

Carvalho, José Murilo de. *Os bestializados*. São Paulo: Companhia das Letras, 1987.

Chalhoub, Sidney; Pereira, Leonardo A. M. (org.). *A história contada: capítulos de história social da literatura brasileira*. Rio de Janeiro: Nova Fronteira, 1998.

________. *Trabalho, lar e botequim*. Campinas: Editora da Unicamp, 2001.

________; Neves, Margarida de Souza; Pereira, Leonardo (org.). *História em cousas miúdas*. Campinas: Editora da Unicamp, 2005.

Corbin, Alain. *O território do vazio: a praia e o imaginário ocidental*. São Paulo: Companhia das Letras, 1989.

________. *L'Avènement des loisirs* (1850-1960). Paris: Aubier, 1995.

Costa, Jurandir Freire. *Ordem médica e norma familiar*. Rio de Janeiro: Edições Graal, 2004.

Cunha, Maria Clementina Pereira. *Ecos da folia: uma história social do Carnaval carioca entre 1880 e 1920*. São Paulo: Companhia das Letras, 2001.

________. (org.). *Carnavais e outras f(r)estas*. Campinas: Editora da Unicamp, 2002.

Decca, Edgar Salvadori de; Lemaire, Ria (org.). *Pelas margens*. Campinas: Editora da Unicamp, 2000.

Del Priore, Mary (org.). *História das mulheres no Brasil*. São Paulo: Contexto, 2013.

D'Incao, Maria Ângela Leite (org.). *Amor e família no Brasil*. São Paulo: Contexto, 1989.

Duvignaud, Jean. *Fêtes et civilisations*. Paris: Actes Sud, 1991.

Edmundo, Luiz. *O Rio do meu tempo*. Rio de Janeiro: Conquista, 1957.

Fraga Filho, Walter. *Mendigos, moleques e vadios na Bahia do século XIX*. Salvador: Editora da UFBA, 1996.

Gomes, Renato Cordeiro. *Todas as cidades, a cidade: literatura e experiência urbana*. Rio de Janeiro: Rocco, 1994.

Lefebvre, Henri. *Introdução à modernidade: prelúdios*. Rio de Janeiro: Paz e Terra, 1969.

Lima, Rogério; Fernandes, Ronaldo Costa (org.). *O imaginário da cidade*. Brasília, DF: Editora Universidade de Brasília, 2000.

Machado, Maria Cristina Teixeira. *Lima Barreto: um pensador social na Primeira República*. São Paulo: Edusp, 2002.

Magalhães Júnior, Raimundo. *A vida vertiginosa de João do Rio*. Rio de Janeiro: Civilização Brasileira, 1978.

Maggie, Yvonne. *Medo do feitiço: relação entre magia e poder no Brasil*. Rio de Janeiro: Arquivo Nacional, 1992.

Martins, José de Souza. *O cativeiro da terra*. São Paulo: Ciências Humanas, 1979.

Menezes, Lená Medeiros de. *Os indesejáveis: desclassificados da modernidade. Protesto, crime e expulsão na Capital Federal* (1890-1930). Rio de Janeiro: Editora da Uerj, 1996.

Miceli, Sérgio. *Poder, sexo e letras na República Velha*. São Paulo: Perspectiva, 1977.

Needell, Jeffrey. *Belle Époque tropical*. São Paulo: Companhia das Letras, 1993.

Oliveira, Cláudia de; Velloso, Monica Pimenta; Lins, Vera. *O moderno em revistas: representações do Rio de Janeiro de 1890 a 1930*. Rio de Janeiro: Faperj; Garamond Universitária, 2010.

Ortiz, Renato. *Cultura e modernidade*. São Paulo: Brasiliense, 1998.

Pasavento, Sandra Jatahy. *O imaginário da cidade: visões literárias do urbano*. Porto Alegre: Editora da UFRGS, 1999.

Pechman, Robert Moses. *Cidades estreitamente vigiadas: o detetive e o urbanista*. Rio de Janeiro: Casa da Palavra, 2002.

Penjon, Jacqueline; Pasta, José Antonio (org.). *Littérature et modernisation au Brésil*. Paris: Presses Sorbonne Nouvelle, 2004.

________ (org.). *La Fête dans le monde lusophone*. Paris: Presses Sorbonne Nouvelle, 2013.

Pereira, Leonardo Affonso de Miranda. *As barricadas da saúde: vacinas e protesto popular no Rio de Janeiro da Primeira República*. São Paulo: Editora Fundação Perseu Abramo, 2002.

________. *O carnaval das letras: literatura e folia no Rio de Janeiro do século XIX*. Campinas: Editora da Unicamp, 2004.

Pronovost, Gilles; Attias-Donfut, Claudine; Samuel, Nicole (org.). *Temps libre et modernité*. Québec: Presses de l'Université du Québec, 1993.

Sampaio, Gabriela dos Reis. *A história do feiticeiro Juca Rosa*. Tese (doutorado) — Campinas: Instituto de Filosofia e Ciências Humanas, Unicamp, 2000.

Schwarcz, Lilia Moritz; Novais, Fernando A. (org.). *História da vida privada no Brasil: contrastes da intimidade contemporânea*. São Paulo: Companhia das Letras, 1998. v. 4.

Sevcenko, Nicolau; Novais, Fernando A. (org.) *História da vida privada no Brasil: República: da Belle Époque à Era do Rádio*. São Paulo: Companhia das Letras, 1998. v. 3.

Süssekind, Flora. *A voz e a série*. Rio de Janeiro: Sette Letras, 1998.

________. *Cinematógrafo das letras: literatura, técnica e modernização no Brasil*. São Paulo: Companhia das Letras, 1987.

Tedeschi, Losandro Antonio. *História das mulheres e as representações do feminino*. Campinas: Curt Nimuendajú, 2008.

Thompson, E. P. *Costumes em comum: estudos sobre a cultura popular tradicional*. São Paulo: Companhia das Letras, 1998.

________. *A formação da classe operária inglesa*. Rio de Janeiro: Paz e Terra, 1987.

Velloso, Monica Pimenta. *Modernismo no Rio de Janeiro*. Rio de Janeiro: Editora da FGV, 1996.

Vítor, Nestor. *Obra crítica*. Rio de Janeiro: Fundação Casa de Rui Barbosa, 1969-1979.

CRÉDITOS DAS ILUSTRAÇÕES

p. 15: caricatura assinada por Gil, publicada no livro *As religiões no Rio*, de João do Rio. Rio de Janeiro: Gazeta de Notícias, 1904. Acervo Biblioteca Brasiliana Guita e José Mindlin

p. 190: revista *Bahia Illustrada*, Rio de Janeiro, jun. 1921. Acervo Fundação Biblioteca Nacional — Brasil

p. 197, 198, 199, 209, 239, 247: Acervo Fundação Biblioteca Nacional — Brasil

p. 210: *Revista da Semana*, Rio de Janeiro, 25 mar. 1916. Acervo Fundação Biblioteca Nacional — Brasil

p. 229: revista *Careta*, Rio de Janeiro, 16 nov. 1912. Acervo Fundação Biblioteca Nacional — Brasil

P. 230 (embaixo): *Gazeta de Notícias*, Rio de Janeiro, 6 mar. 1904. Acervo Fundação Biblioteca Nacional — Brasil

p. 242: revista *Careta*, Rio de Janeiro, 6 mar. 1909. Acervo Fundação Biblioteca Nacional — Brasil

Este livro foi composto em Freight text em agosto de 2024.